胸騒ぎのシャトー

ヴァイオレット・ウィンズピア 作

神鳥奈穂子 訳

ハーレクイン・イマージュ

東京・ロンドン・トロント・パリ・ニューヨーク・アテネ・アムステルダム
ハンブルク・ストックホルム・ミラノ・シドニー・マドリッド・ワルシャワ
ブダペスト・リオデジャネイロ・ルクセンブルク・フリブール・ムンバイ

THE CHATEAU OF ST. AVRELL

by Violet Winspear

Published by Harlequin K.K., Tokyo, 2013

ヴァイオレット・ウィンズピア

ロマンスの草創期に活躍した英国人作家。第二次大戦中、14歳の頃から労働を強いられ、苦しい生活の中で“現実が厳しければ厳しいほど人は美しい夢を見る”という確信を得て、ロマンス小説を書き始める。32歳で作家デビューを果たし、30余年の作家人生で約70作を上梓。生涯独身を通し、1989年に永眠するも、ロマンスの王道を貫く作風が今も読者に支持されている。

主要登場人物

ルアン・ペリー……………………アンティークショップのアルバイト。
カトリーナ………………………ルアンの母親。故人。
スティーヴン・サンシール………ルアンの継父。
チャーム・サンシール……………スティーヴンの娘。ルアンの継姉。
エデュアード・タルガース………チャームのパーティに招待された紳士。
ターク ィン・パワーズ……………舞台俳優。
ヒュー・ストラザーン……………脳外科医。
イスールト・ストラザーン………ヒューの娘。

1

　何もかも、劇場の通用口から中に入ってしまったプードルのタフィーのせいだった。ルアンは必死でタフィーの名を呼んで追いかけたが、タフィーは短いしっぽを振り振り、大道具の並ぶ前をすり抜け、客席へ駆けこんでしまった。タフィーがきゃんきゃん吠《ほ》える声に重なって、朗々とした声が響いた。

「天使たちよ、神のみ使いよ、守りたまえ。

　おまえは救いの精霊か、呪いの悪霊か——」

　豊かな声はそこで途切れた。ケーブルにつまずきながらルアンが舞台の下へ急ぐと、背の高い男性が、畏れ多くも『ハムレット』のリハーサルを中断させた犬を見下ろしているところだった。

「あらまあ、悪霊ではなくてプードルだわ」若い女優が笑った。だがルアンの目は、ハイネックの黒いセーターと細身の黒いスラックスを身につけた男性にくぎ付けだった。男性は舞台の端まで来ると、スモーキーグレーの瞳で今度はルアンを見つめた。

　頬骨の高い端整な顔だった。たちまちルアンは、生まれながらのスター俳優だけが持つ気品とカリスマ性を感じて、ひそかなおののきに身を震わせた。目の前にいるのはタークィン・パワーズだ。

「君の犬かい？」

「継姉《あね》の犬です」見つめられているのが恥ずかしくなり、ルアンはかがんでタフィーを抱き上げた。

「リハーサル中に部外者は立ち入り禁止だ」

「あの……本当に申し訳ありませんでした」

「そんなに恐縮しなくてもいいよ」タークィンに微《ほほ》笑《え》みかけられ、ルアンは心臓が止まりそうになった。ほんの数日前、客席からその姿を仰ぎ見た大スターと、自分が口を利いているのが信じられなかった。

「先日の『オセロー』はすばらしかったですわ、ミスター・パワーズ」ルアンはおずおずと笑みを浮かべた。タフィーが腕の中でもがき、他の劇団員たちがじれったそうに待っているのが感じられた。

「リハーサルを続けるわよ」男性のように髪を短く切った、ロシア語訛《なま》りの女性が舞台に進み出た。数年前に亡命してきた、演出家のヴァレンティノーヴァだ。「そのお嬢ちゃんに、二度と舞台のそばで遊ばないように言ってちょうだい」

誰もが、いたずらっ子を見るような目でルアンを見つめていた。ルアンは十九歳だったが、体も小柄で、純真そのものの大きな瞳の持ち主だったので、年齢より幼く見られることが多かったのだ。

「演出家の仰せのままに」そう言いながらもタークインは、茶目っ気たっぷりの視線をこっそりルアンに投げてよこした。

ルアンはどきりとした。なんとなく、二人きりでエイヴォン川のほとりを散策しようと誘われているような気がしたからだ。

目を上げると、ヴァレンティノーヴァもタークィンを見つめていた。聞くところでは、彼女は舞台に関しては妥協を許さぬ暴君らしい。

だがタークィン・パワーズはそのヴァレンティノーヴァさえ意のままにできるようだった。「僕はこのお嬢さんを見送ってくるよ。人生は一期一会と言うからね」

「まったく、あなたって人は！」ヴァレンティノーヴァが他の劇団員に聞こえるようにうめいた。

金髪の若い女優が軽やかな笑い声をたてたとき、ルアンは義理の姉チャームに似ていると思った。

「本当にすみませんでした。もう失礼します」ルアンは舞台の下から後ずさった。と、タークィンが軽々と舞台から飛び降りてルアンの隣に立った。ルアンは相手の長身を意識せずにはいられなかった。

タークィンはルアンの肩に手を回し、客席からロビーへ、そして劇場の正面玄関へとエスコートした。暗い劇場の中からさんさんと日の照る屋外に出たとたん、ルアンは目をしばたたいた。あたりには春の匂いが満ち、川面《かわも》では白鳥が羽づくろいしている。

「まるで『白鳥の湖』の一シーンだな。今すぐあの白鳥たちが踊りだしてもおかしくない」

ルアンは驚いてタークィンを見やった。彼女の周りで、こんな話をする人間はいなかったからだ。チャームの取り巻き連中は芸術に疎かったし、継父とつき合いのある者はお金の話しかしない。

「春はエイヴォン川が一番美しい季節なんです」ルアンは、劇場でタークィンを待つ人々――とりわけ、あの金髪の美しい女優に比べたら、自分がまったく平凡で垢抜《あかぬ》けない人間のように感じた。

「この世に美しいものはたくさんある」タークィンは雄弁なグレーの瞳でルアンを見つめて微笑んだ。

つられてルアンも笑みを浮かべた。「君は片えくぼだね？　なかなかチャーミングだ」

嬉《うれ》しい一方でルアンはとまどった。こんなお世辞を言われるのは初めてだったし、しかも、言ってくれた相手は名優タークィン・パワーズなのだ。

「『ハムレット』のリハーサルを中断させてしまって、本当にごめんなさい」

「『ハムレット』を観《み》たことがあるのかい？」黒ずくめの服で、憂いを含んだ笑みを見せるタークィンは、まさに王子のハムレットそのものに見えた。

ルアンはうなずいた。そして、タークィンの演じるハムレットを絶対に観ようと心に決めた。

「君はここアヴェンドン・アポン・エイヴォンに住んでいるのかな？　それとも観光客？」

「ここの住人です。とてもすてきな町ですよ」

タークィンはあたりを見渡した。「いっときでいいから時を遡り、この町が十六世紀にどんなふうだったか、見てみたいとは思わないかい？」

「あら、あなたのような名優が舞台でシェイクスピアの台詞《せりふ》を口にすれば、簡単に十六世紀をかいま見ることができます」

「なるほど」タークィンの目が、ルアンの赤褐色の髪から、カジュアルな赤いフラットシューズに向けられた。「女優になりたいと思ったことは？」

「わたしが？　まさか」ルアンは声をあげて笑った。

「そばかすがあるし、恥ずかしがり屋ですもの」

「俳優の多くは恥ずかしがり屋だよ」

「本当に？」ルアンは目を丸くした。「あなたはとても自信たっぷりに見えますけど」

「それは君が、仮面をかぶった僕しか見ていないからだ」

ルアンは信じられないという目でタークィンを見た。力強さと繊細さを持ち合わせたこの笑顔が、作り物だというのだろうか？　ちらりとかいま見た寂しげな表情こそ、本当のタークィン・パワーズに近いというのだろうか？

「あの……これ以上あなたを引き留めて、リハーサルを遅らせるわけにはいきません」

「行ってしまう前に、名前を聞かせておくれ」

あっと思ったときには、タークィンはルアンの顎に手を添えて、顔を太陽の方に向かせていた。

「菫《すみれ》色をした不思議な瞳だ。ひょっとして君にはケルトの血が混じっているのかな？」

「わたしの名前はルアン・ペリーです」ハンサムな男性に手をふれられていると思うだけで、言いようのない思いが胸にこみ上げてきて、心臓がどきどきした。

「君はピエロのお嬢《ピエレット》さんだ」タークィンは言った。

「他にどう呼びようがある？　さて、ピエレット、再びあいまみえることがあったら、また白鳥の話をしよう」

　そんなことはあり得ないと思って、ルアンの心は沈んだ。「あなたの舞台を楽しみにしています」

「ああ。仮面をかぶった僕を見に来てくれたまえ」

タークィンは別れの言葉もそこそこに劇場へ戻っていった。

　ルアンはタフィーを呼び寄せ、引き綱につないだ。そろそろ継父や継姉と一緒に暮らす家に帰らなければいけない。

　大通りを渡ったところでルアンは振り返った。劇場も川もちゃんと目の前にある。夢ではなかったのだ。情熱的なオセローの役を演じ、何日もわたしの脳裏を離れなかった名優タークィン・パワーズと、本当に言葉を交わしたのだ。

　俳優が、一般人とは違う人間だと考えるのは間違いだ。彼らが無敵なのは、舞台の上だけの話。実生活では、役者も普通の人間と変わらない。小さな不安を抱え、多くの人に囲まれていてなお、孤独にさいなまれることだってある。タークィン・パワーズの瞳の奥に寂しさがよぎったのを、わたしはたしかに見た。ルアンはそう思った。

　サンシール邸はメリザンド・テラスの一画にあり、ゆったりした敷地に建てられた大きな屋敷だ。近隣の富裕層と張り合うような、いかにも金持ちぶった家で、母が生きていたときでさえ、ルアンはここで心からくつろげたことが一度もなかった。

　ルアンがスカートのポケットに入れた玄関の鍵を探していると、車寄せに一台のスポーツカーが停《と》まった。若い男性が運転席から飛び出し、助手席のドアを開けた。チャーム・サンシールが長い脚を優美に運んで車から降り、ハンサムな男性にしか見せないとっておきの笑顔を浮かべた。

「ショッピングにつき合ってくださったお礼に、飲み物でもいかが、サイモン？」

「そうしたいのはやまやまだけれど、少しは会社に顔を出しておかないと、父に勘当されてしまうよ」

チャームは鈴を転がすような声で笑った。

サイモン・フォックスがチャームの手にうやうやしくキスするさまを見て、ルアンは笑いをこらえた。チャームがアヴェンドン一の美人なのは間違いないが、その本性は豹柄《ひょうがら》のコートがよく表している。

サイモンの車が行ってしまうと、チャームは玄関の階段を上がってきた。タフィーが嬉しそうに吠えはじめる。

「ただいま、タフィー」チャームは犬にだけ声をかけると、冷ややかな目でルアンの乱れた赤毛を見つめた。「どうしてもっと身だしなみに気を遣わないの？　そうすれば、すてきな男性があなたに目を留めてくれるかもしれないのに」

ルアンは秘《ひそ》やかな笑みを浮かべた。もしわたしがタークィン・パワーズ本人と言葉を交わし、菫色の瞳を褒めてもらったと知ったら、チャームはどんな顔をするだろう？

ルアンが鍵を開けると、チャームはさっと中に入った。そしてダマスク織りのソファに荷物を下ろし、サイドボードに歩み寄って自分の飲み物を注いだ。

チャームはルアンに飲み物を勧めてはくれなかった。これもまた、ルアンが家族扱いされていないことを暗に思い知らせる、小さな証拠だった。

「お父様やわたしには、この町で保つべき体面というものがあるのよ」血のつながらない妹に愛想をよくする必要はないとばかりに、チャームの口調は辛辣だった。「いくら今日は仕事が休みだったとしても、その格好はまるで『アニー』の主人公みたいじゃないの。あなたはアンティークショップで働いているんだし、お父様だってお金を出し惜しんだりしないわ。せめて美容院で髪の手入れくらいしてもらいなさい。わたしの友人たちは、あなたのこと笑っているのよ」

「あら、少しでも楽しんでいただけて嬉しいわ」ルアンは冷ややかに答えた。「あの人たちはいつも、とても退屈そうな顔をしているもの」

「よくもそんな小生意気な口が利けるわね」チャームは憎々しげにルアンをにらんだ。「お父様のお情けで、ここに住まわせてもらっているくせに」

「いつでも喜んで引っ越すわよ」ルアンは昂然《こうぜん》と顔を上げた。「でも、わたしが一人暮らしをしたいと言うたびに、死んだ母を引き合いに出して引き留めるのは、あなたのお父さんじゃないの。母が亡くなって五年にもなるのに、わたしを追い出したと世間の人に思われるのがいやなんだわ」

「お父様は思いやり深い方だからこそ、あなたの母親と結婚し、面倒を見てあげたのよ。婚外子だったあなたも一緒にね」

婚外子という言葉に、ルアンは鞭《むち》で打たれたようにひるんだ。たしかに母のカトリーナは、未婚のままルアンを産んだ。そしてルアンが七歳になったとき、スティーヴン・サンシールと出会って結婚した。当時すでに心臓が弱っていたので、先行きの不安でせっぱ詰まっていたのだろう。いっぽう、妻を亡くし、十歳の娘を抱えていたサンシールは、陽気で美しいカトリーナに会ったとたん夢中になった。継父のおかげで、母はつらいメイドの仕事から解放されたし、最後の数年を安楽で穏やかに過ごすことができた。それに感謝しているからこそ、ルアンはチャームの意地悪に耐えて、いまだにこの屋敷にとどまっていると言ってもいい。

チャームには、ルアンのように一人静かに自然と対話しながら過ごすのが好きな人間がいることが、理解できなかった。他人に――とりわけ男性にちやほやされなくても平気な人間がいることがわからなかったのだ。

義理の姉妹はにらみ合った。ルアンが目をそらさなかったので、チャームは肩をすくめた。「せめて、わたしの誕生日を祝う仮面舞踏会では、みっともない格好をしないでね。ひとかどの人物はみんな招待したし、その中にはわざわざコーンウォールから来る、お父様の大事な知り合いもいるんだから」

ちょうどそのとき電話が鳴り、チャームは部屋を出ていった。ほどなく継姉が朗らかな声で、ミスター・タルガースという人物と話す声が聞こえてくる。

「あら、もうアヴェンドンにお着きになりましたの？　ええ、マスク劇場は有名で、指折りの劇団が参りますのよ。父がボックス席を予約しておりますから、ぜひご一緒に。もちろん演目はシェイクスピアですわ。シェイクスピアはお好きでして？　ええ、わたしも大好きですの」

ルアンは苦笑した。本当のところ、チャームは着飾ってボックス席に座るのが好きなだけで、演劇そのものを楽しんでいるわけではない。本心は退屈している継姉のそばで観劇すると、ルアンは気が散って心ゆくまで舞台の世界にひたることができなかった。だから二階のボックス席ではなく一階の一般席に座り、舞台で繰り広げられる世界に身も心も委ねるのが常だった。ひょっとするとルアンに流れるケルトの血が、演劇の世界と響き合うのかもしれない。サンシール家での暮らしに耐えられるのも、四月から九月までの演劇シーズンには、マスク劇場が格好の逃げ場所になってくれるからだった。

自分の部屋に行くためにルアンが階段を上がりはじめたとき、電話を終えたチャームが声をかけてきた。「あなたの金曜日の夜の予定は？」

ルアンは足を止め、継姉を見下ろした。「劇場の一階席を予約しているわ。お望みなら、夕食は〈粉挽《ひ》き水車亭〉で食べるけれど」

「そうしてくれると助かるわ、ハニー」自分の思いどおりにことが進むと知って、とたんにチャームの機嫌がよくなった。「例のコーンウォールの紳士をディナーにお誘いしたの。サイモンも来ることになっているし、お父様とわたしでちょうど四人になってしまうから」

「わかったわ」ルアンは再び階段を上がりはじめた。

「実を言うとわたし、金曜の夜が楽しみなのよ」

「あら、どうして?」チャームの笑い声が階段を追いかけてきた。「まさかデートでもするの?」

チャームの考えるデートとは、若い男性に洒落《しゃれ》たレストランに連れていってもらい、その後でパーティに出るというものだった。チャームには、舞台のタークィン・パワーズを見るだけでルアンが感じる静かな喜びなど、けっして理解できないだろう。ほんの少しタークィンと言葉を交わしたことを話したら、鼻で笑って、あの魔法の輝きに満ちた出会いを台無しにするに違いない。

「ええ、デートがあるのよ」継姉の驚いた顔を見たいがために、ルアンは小さな嘘《うそ》をついた。そして、相手が誰かと問いただされる前に、書物とレコードプレーヤーのある自分だけのオアシスに急いだ。

ルアンはショパンの《ノクターン》をかけ、窓辺の長椅子に腰かけて、ぼんやりと物思いにふけった。ふだんはロマンティックな憧れに身を焦がすほうではないルアンだったが、片方の頬にできたえくぼに手がふれたとき、夢見がちな笑みが顔に広がった。このえくぼを〝チャーミングだ〟と彼は言ったのだ。

金曜日、ルアンの勤めるアンティークショップは大忙しだった。旅行シーズンの到来とともに、イギリスの内外から多くの観光客がウォーリックシャー州に集まりだしたからだ。アヴェンドンはストラットフォードとウォーリック城の中間にあり、観光のついでに立ち寄って昼食をとったり、町を散策しながら土産物を買うのに都合がよかった。ストラットフォードほど観光地化されてはいないが、アヴェンドンのマスク劇場で第一級の演劇を楽しめることは、目の肥えた観光客には周知の事実だ。

ルアンはいつものように、対岸にあるマスク劇場を仰ぎ見ながら、川沿いの小道を通って〈粉挽き水車亭〉に向かった。水面には杏《あんず》の花びらが散り、川の流れが勢いよく水車を回している。

窓際の奥まった席に案内され、何を注文しようか考えていると、少し離れた席に座る三人組の姿が目に入った。ルアンの鼓動が速くなった。あの自信に満ちた横顔。えんじ色のジャケットのさりげない着こなし。間違いなく、ターク ィン・パワーズだ。

若い娘が人気俳優に見とれていると思ったらしく、ウェイターが微笑ましげな表情でルアンに耳打ちした。「うちの牡蠣《かき》を食べにいらしたんですよ」

昔からこの店は、マスク劇場に出る俳優が名物の生牡蠣を食べに来ることで有名だった。それがわかっていてもなお、ここでタークィンを見かけたことが、ルアンには運命のように感じられた。

注文を取ったウェイターが行ってしまうと、奥まった席に座ったルアンは心おきなく三人組を眺めることができた。タークィンの連れの一人は、昨日、舞台にいた金髪の女性だ。切れ長の琥珀《こはく》色の瞳がどこか猫を思わせる。もう一人の連れは男性で、牡蠣の殻の開き方を女性に伝授している。タークィンの口元がほころんでいるところを見ると、かわいい女優に見とれているのかもしれない。

ルアンは頬杖《ほおづえ》をつき、これほど容姿にも才能にも恵まれた男性に愛されるのはどんな感じだろうと、ぼんやり考えた。そして思わず、ため息がもれた。ドラマティックな出来事は自分の身にはけっして起こらず、いつも他人の恋愛を見る側の人間であることを、思い知らされた気がしたからだ。

おかしな話だった。これまでは人に認められたいと思ったことなどなかったのに。手の届かないものに思い焦がれて、ため息をつくこともなかったのに。

注文した料理が運ばれてきた。ルアンが食べている間に、食事を終えた三人組が立ち上がった。と、タークィンが、物静かなルアンの存在を感じ取ったとでもいうように、窓辺のテーブルを振り返った。二人の目が合う。

タークィンが口元をほころばせ、大股でルアンのほうにやってきた。「やあ、プードルを連れていたピエレットじゃないか」

ルアンはおずおずと笑みを浮かべた。胸にタフィーを抱えていないと、心の中がすべて見抜かれてしまいそうで怖かった。

「一人なのかい？」なぜルアンが一人きりで食事をしているのか解せないと言いたげに、タークィンは眉を上げた。

「いつも一人なんです」自分を哀れんでいるような口調に聞こえなければいいけれどと思いつつ、ルアンは答えた。

「急いで、クィン！」連れの女性が声をかけてきた。もう一人の男性も腕時計を見て、何やらつぶやいている。

いつだって誰かが、わたしのもとからタークィンを連れ去ってしまう。そう思いながら、ルアンは努めて明るい笑みを浮かべた。「そろそろ行かないと開演時間に遅れますよ」

「君も今夜の芝居を観に来るかい？」

「もちろんです。あなたのペトルーキオを見逃すわけにはいきませんもの」

「ぜひ僕の『じゃじゃ馬ならし』を楽しんでくれ。また会おう《オールヴォワール》、ピエレット」そう言ってタークィンは行ってしまった。

三人がいなくなると、不意に一人きりの食事が寂しく感じられた。ルアンは食事を終え、ぼんやりと窓の外に目をやって、水車が回るさまを眺めながら川の音に耳を傾けた。

さっきルアンを見つけてくれたときのタークィンの表情が、ありありと脳裏によみがえった。いかにも精悍《せいかん》で男らしいのに、額や顎には修道士を思わせる禁欲的な雰囲気がある。なんだか俳優らしくないところのある不思議な人だ、とルアンは思った。だから彼はわたしに声をかけてきたのかしら。わたしが、いつも一緒にいる演劇関係の人たちとはまったく違うタイプだから、興味を持ってくれたのかもしれない。

かすかな興奮がルアンの身のうちを駆け抜けた。タークィンは優しかった。舞台の上でもすてきだったが、間近で見てもその魅力は少しも色褪《あ》せなかった。

ルアンは勘定をすませ、期待に目を輝かせながら劇場へ向かった。煌々《こうこう》と明かりのついた劇場の玄関の上に、今夜の『じゃじゃ馬ならし』の出演者の名前が掲げられている。

運命に向かって歩いているような不思議な感覚に襲われ、ルアンは喉の奥で低く笑った。迷信深くて縁起をかつぎやすいという演劇人の気質がうつってしまったのかしら。

観客がぞくぞくと劇場に集まってきていた。玄関脇のポスターや写真に見入っている者も多い。ペトルーキオの扮装《ふんそう》で、茶目っ気たっぷりの表情をしたタークィンのひときわ大きな写真もあった。

「タークィン・パワーズって、とても魅力的だと思わない？」女性の大きな声が聞こえた。

「うん、なかなかいい俳優だな」男性の声が答えた。「ローレンス・オリヴィエに匹敵すると思うよ」

演劇を愛し、名優の真価を理解できる人々がここに集まっていると思うと、ルアンの胸が熱くなった。演劇を単なる金儲《かねもう》けの手段と考え、演技に身も心も捧《ささ》げないような役者はたちまち見抜かれて、高い評価を得ることはできないのだ。

ルアンは明るく照らされたロビーに足を踏み入れた。古きよき時代の雰囲気を残したロビーの左右には、二階のボックス席に通じる階段が延びている。ポケットから切符を取り出し、一階席に入る扉に向かおうとしたとき、右手の階段付近で立ち話をしている人々が目に入った。身ぶり手ぶりの多い銀髪の男性は継父だ。白いドレスを着て毛皮のストールを手に持ったチャーム、そして継姉に見とれているサイモンはすぐに見分けがついた。だが、抜きん出て背が高く、浅黒くて厳しい顔立ちをした黒髪の男性には見覚えがなかった。ぱりっとしたスーツを着て、葉巻を持った手首にオニキスのカフリンクスが光っている。きっとこの男性が、例のコーンウォールからの客人、ミスター・タルガースに違いない。ルアンがそのことに気づくのと同時に、四人のほうもルアンに気づいたようだった。ミスター・タルガースが青い瞳でこちらをまっすぐに見つめた。その瞳の色は眉と睫《まつげ》が黒いだけに驚くほど鮮やかで、鋭い眼光は何もかも見通してしまいそうだった。

「ルアン！」継父の声音には、かすかな苛立《いらだ》ちが聞き取れた。ルアンが膝丈のフレアスカートにスエードのジャケット、それにベレー帽という少女のような格好をしていること、それに一階の一般席に入ろうとしていることが気に食わないのだろう。継父に手招きされて、ルアンはしぶしぶそちらに向かった。

スティーヴン・サンシールはルアンの手首をつかむと、長身の男性にいそいそと話しかけた。

「エデュアード、さっき話した、わたしのもう一人の娘だ。この子の母親は美しいアイルランド女性だったが、実に哀れな身の上でね。最後の数年はわたしが面倒を見てやったのだが、そのかいもなく、野の花のようにひっそりとこの世を去った。君もケルトの血を引いているなら、宿命を信じているのだろう？」

「信じないと言うほどではありませんが」タルガースはそっけなく答え、ルアンに視線を注いだ。

ルアンのほうは、間もなく舞台の幕が上がると思うと気が気ではなく、早く客席に向かいたくてそわそわしていた。

「はじめまして、ミス・ペリー」

深みのある声に、ルアンの目が厳しい顔に引き寄せられた。背が高くてごつごつしていて、断崖のような印象を与える男性だ。

「はじめまして、ミスター・タルガース」ルアンは握手をするとそそくさと身を離し、客席に通じる扉の方へ駆けだしながら肩越しに言った。「お芝居が始まってしまうので、失礼します」

扉を通るときに振り返ると、タルガースは気にしたふうもなく葉巻を吸っていた。

「まったく！」チャームの口調は、あとでこってりお小言を食らわしてやると言いたげだった。

ルアンとしては、別にミスター・タルガースに無礼をはたらくつもりはなかった。ただ、タークィンが舞台に登場する瞬間を見逃したくなかったのだ。

席に着いたルアンは、幕が開く瞬間を今か今かと待ちかまえた。劇場は『オセロー』上演の夜と同じく大入り満員で、極上の舞台を待ち受けるときに特有の、わくわくした期待感に満ちていた。

その空気を全身に感じ、ルアンの胸は躍った。今ここに集まった人々はみな、名優タークィン・パワーズの持つ魔法を目の当たりにしようと待ちかまえている。タークィンにかかれば、舞台はたちまち別世界となって息づきはじめる。タークィンは観客の心を思うがままにあやつり、笑わせ、涙を誘う。まだ三十二歳のタークィンを、十八世紀の名優ギャリックの再来だと言う評論家さえあった。

人々がささやき交わし、ベルベットの緞帳《どんちょう》が揺れるたびに期待がいや増す中、ルアンはふと二階のボックス席に目をやった。

チャームと三人の男性はすでに席についていた。コーンウォールからの客人は、興味深そうにあたりを見回している。タルガースは、サンシール家の友人にしては変わり種に見えた。おそらく数週間前、継父とチャームがコーンウォールのペンザンスに行ったときに知り合ったに違いない。不動産業を営む継父は、今年の初めに大きな土地の売買に成功し、その手数料で小さなキャビンクルーザーを買ったのだ。

ひょっとすると、その船をタルガースから買ったのかもしれない。彼にはなんとなく船乗りの雰囲気がある。あの青く澄んだ瞳はまさに海の色だ。

そのとき、くだんの青い目が一階席にいるルアンを見つけ出した。さっきの無礼は忘れないぞと言わんばかりに、鋭い視線でルアンを刺すように見ている。ルアンは身震いした。どうか、あの人がアヴェンドンにいる間は、あまり会わずにすみますように。

彼は、このあたりにはなんだかそぐわない。あの男性には荒々しい海のイメージが――ごつごつした岩礁やたたきつける荒波のイメージがある。

ルアンは、高価なドレスをエレガントに着こなしたチャームを見上げた。継姉はこの男性に好意を持っているのだろうか？　そうだとしたら驚きだ。ふだんのチャームは、あれこれ指図できる相手のほうが好みだったからだ。どう見てもエデュアード・タルガースは、頑固に自分のやり方を貫く人間としか思えない。

ルアンの考えはそこで途切れた。オーケストラの演奏のテンポが速くなり、客席の照明が暗くなると同時に、幕が開いたからだ。

ルアンの胸が高鳴った。たちまちルアンは、ボックス席の男性のことを忘れた。彼女の目には、もう舞台しか映らなかった。ルアンは、タークィン・パワーズがペトルーキオとして登場する瞬間を待ち受けた。

〝再びあいまみえることがあったら〟と言ってくれたのは、夢ではなかったのだ。

だがさすがにその晩は、タークィンと言葉を交わすことはかなわなかった。熱烈な拍手とともに芝居が終わったあと、タークィンは多くのファンに取り囲まれてしまったからだ。ルアンはジャケットの襟を立て、こぬか雨の降る中を歩いて家に戻った。屋敷の車寄せには黒いイタリア製のスポーツカーが停まっていた。できることなら顔を合わせたくない、あのコーンウォールから来た紳士の車に違いなかった。ルアンはこっそりキッチンの勝手口から家に入り、足音を忍ばせて客間の横を通った。

部屋の中からは低く響く男性の声、コーヒーカップの音、それにチャームの笑い声が聞こえてきた。エデュアード・タルガースは間違いなくこの屋敷で歓迎されているらしい。ルアンは自分の部屋に戻ると、さっさと寝てしまおうと決めた。せっかく舞台でタークィン・パワーズの魔法を見たというのに、その喜びを継姉のお小言で台無しにされたくなかったのだ。

2

チャームの誕生日パーティを今夜に控え、サンシール邸は浮き立った空気に満ちていた。車寄せや庭の木々には色とりどりの豆球がつるされ、ラウンジには飲み物やビュッフェ料理が並べられている。ダンスができるよう客間の家具は片づけられ、小編成の楽団が到着したところだった。

　パーティの趣向は仮面舞踏会で、チャームは十八世紀の宮廷婦人を模したドレスにご満悦だった。包みをほどいたばかりの仮面は、例のコーンウォールの紳士からの贈り物で、持ち手に宝石のほどこされた本物のアンティークだ。彼は今夜のパーティにもはるばるコーンウォールからやってくるという。


　ルアンは仮面を手に取って、目のところに開けられた穴からチャームを眺めてみた。継姉はエデュアード・タルガースのことをどう思っているのだろう。

　すると、チャームが乱暴に仮面を取り上げた。「あなたには似合わないわ。それより、わたしの代わりにタフィーを散歩に連れていってくれない？」

　ピアノの下で楽団員の一人に吠《ほ》えかかっていたタフィーを捕まえると、ルアンは玄関に向かった。ちょうどそこへ継父が通りかかった。「今からどこへ行くのかね？」

「チャームに頼まれて、タフィーの散歩に」

「チャームはご機嫌だろう？」スティーヴンの顔に子煩悩な笑みが浮かんだ。「パーティは八時半からだ。あまり遅くならないようにな」

　ルアンはうなずいた。

　スティーヴンはタフィーをなでた。「今夜のパーティにはタルガースも来ることになっている。あの男は、あちらではなかなかの名士なのだよ。先日のように逃げだしたりせず、もう少し愛想よくしてくれないか。母親の過ちをくり返すまいと、男を怖がりすぎるのはよくない、ルアン。おまえに婚期を逃してほしくはないんだ」スティーヴンは声をあげて笑い、母親譲りのルアンのまっすぐな赤毛をちらりと見やった。「おまえはけっして不器量ではない。妖精のようなおまえの雰囲気を、魅力的に感じる男性だっているのだからね」

継父に外見を褒められたことなどついぞなかったので、ルアンは驚いた。「お継父《とう》さんの顔に泥を塗らないよう、せいぜいおとなしくしているわ」

「おまえのためを思って言っているのに！」

「川まで行ったら、すぐに戻ります」

小走りに玄関の階段を駆け下りる間も、ルアンは背中に継父の視線を感じていた。どうやら継父は、どうあってもタルガースを歓待したいらしい。つまり、あのコーンウォールの男性は裕福で、チャームの花婿候補にうってつけということだ。チャームは恋愛など垢抜《あかぬ》けないと考えているふしがあるから、相手の地位や資産で結婚を決めるに決まっている。

川べりをぶらぶら歩きながら、ルアンは思案した。洗練とはほど遠く見えるタルガースのほうは、愛をどう考えているのだろう。

対岸では劇場が煌々《こうこう》と輝いていた。今夜の演《だ》し物《もの》はバーナード・ショーだ。今ごろタークィンは楽屋で支度に忙しいことだろう。もう一度、彼と言葉を交わすチャンスはあるだろうか？　あんなふうに優しく微笑《ほほえ》み、声をかけてもらえて嬉《うれ》しかった……。

柄にもなくうっとり物思いにふけっていたルアンは、道端に停《と》まったスポーツカーの運転者がこちらを見つめているのに気づき、はっとわれに返った。相手の顔は陰になって見えないが、食い入るような視線の強さだけははっきり伝わってくる。

困ったことにタフィーが車の方に駆けだしてしまった。嬉しそうにしっぽを振るタフィーに応えて、男性が運転席から身を乗り出したとき、ようやくルアンには相手の正体がわかった。

ごわごわした黒髪と厳しい顔立ちを見て、ルアンの困惑が増した。ルアンは風に髪をなぶられながら、タフィーがエデュアード・タルガースの手に鼻をすりつける様子を茫然《ぼうぜん》と見つめていた。

「こんばんは、ミス・ペリー。マスク劇場に見とれていたようだね。お芝居が好きなのかな？」どことなくからかうような口調だった。

「タフィーを散歩に連れてきただけです。アヴェンドンは小さな町ですけれど、自然には恵まれていますから」

「それなら君はコーンウォールに来るべきだ。荒野を駆け回れたら、タフィーは大喜びするだろう。犬はおろか少女の背丈よりも高いヒースが、どこまでも生い茂っているんだよ」

「残念ですけれど、わたしがコーンウォールの荒野でかくれんぼをすることはないと思います」

「人生は何が起きるかわからない。ひょんなことで心変わりしないとも限らないぞ。君はまだ若くて、それを知らないだけだ」

「わたしはもう十九歳ですし、人生がままならないことくらいよく知っています」

ルアンの身の上を思い出したのか、エデュアードはうなずいた。「人は愛するものを失ったとき、別のもので埋め合わせようとする。君の場合はそれが演劇らしい。お芝居が大好きなんだろう？」

「ええ」ルアンはそっけなく答えた。チャームの友人に、タークィン・パワーズとのことを知られたくない。退屈しのぎに声をかけてきたスター俳優にわたしが熱を上げていると思われて、物笑いの種になるに決まっている。

「そろそろ帰らないとパーティが始まってしまいます」ルアンはタフィーに引き綱をつけようと身をかがめた。ところが同時にエデュアードも車のドアを開けたものだから、タフィーが車に飛び乗ってしまった。「タフィー！」ルアンが顔を上げると、エデュアードがまっすぐこちらを見つめていた。

「君も乗りたまえ。僕もパーティに向かうところなんだ。僕のことは嫌いかもしれないが、五分か十分がまんすれば、歩くよりも早く家に帰れる」

ルアンは顔を赤らめた。こんな状況でなければ、さっさと車に背を向けて歩み去るところだ。だが夜の帳《とばり》が下りはじめていたし、誕生日に継姉の機嫌を損ねるようなことをしたくなかった。ルアンはしぶしぶ車に乗りこむと、助手席のレザーシートに身を沈めた。車がメリザンド・テラスを目指して発進した。

「仮面舞踏会なのに、仮装していないんですか？」

「仮装など僕の柄ではないからね。君のお姉さんには、僕がパーティになどめったに出ない田舎者だという理由で納得してもらうしかない」

「でも、仮面は？　チャームは真夜中まで、みんなに仮面をつけるように言っているのに」

「仮面くらいはがまんしてつけよう」エデュアードの頬に笑みが刻まれた。「いずれにせよ、たいていの人間は〝仮面〟をかぶっているものだ。まったく表裏のない人間などめったにお目にかかれない」

「でも、秘密をひとつも持っていない人ばかりでは、つまらないわ」

「君はなかなか鋭いことを言う」エデュアードはちらりとルアンを見た。

その鋭いまなざしに、ルアンは強い印象を受けた。彼は深い洞察力に富み、しかも大胆な行動力を持ち合わせた男だ。人さらいなど、なんとも思わないはずだ。「わたしの家を通り過ぎてしまったわ！」

「これは失礼」彼は車を巧みにUターンさせた。

二人はイルミネーションで飾られたサンシール邸に到着した。車寄せにはすでに何台も車が停まり、ダンスミュージックが聞こえてくる。パーティはすでに始まっているのだ。

「わたしは裏口から入ったほうがよさそうです」ルアンはさっさと助手席のドアを開けて車を降りた。

エデュアードの視線を感じて振り返ると、風に乱れた黒髪がひと筋、いつも皮肉っぽく上げられている左の眉にかかり、口の端に浮かんだかすかな笑みが、いかめしくて冷ややかな顔立ちを和らげていた。

けっしてハンサムと言える顔ではなかった。だが、容赦のない厳しささえ感じさせる、ごつごつした顔立ちは一度見たら忘れられないものだった。その昔、ブルターニュからブランデーやレースを密輸していたコーンウォールの海賊は、こんな顔をしていたのではないだろうか。

タルガース家の先祖に海賊がいてもおかしくはなかった。なぜならエデュアード自身、七つの海を股にかけ、珍品から密輸品まであらゆる品物を運ぶ船の船長だったのだから。チャームはこう言っていた。

〝彼は船乗りを引退して、かつて彼の一族が住んでいたコーンウォールの屋敷に引っ越してきたんですって。セント・アヴレルの城《シャトー》と呼ばれる変わった屋敷らしいわ。昔、革命を逃れてコーンウォールにやってきたフランス人の貴族が、婚約者を迎えるために建てた屋敷だそうよ〟

「ところで君は、なんの仮装をするのかい？」ルアンがまだ仮装を面白がる子どもだとでも言うように、エデュアードが尋ねた。

「それは秘密です。誰の仮装か推測するのも楽しみのひとつですから」

「なるほど。さしずめ僕は、頭に赤いスカーフを巻いて海賊に扮《ふん》したらお似合いなんだろうな」エデュアードはルアンの心を読んだように言った。

「ええ」ルアンは素直に答えた。「あなたなら、立派な海賊になると思います」

「海賊が立派なものか。他人の持ち物を盗むんだから」

一年近くチャームに求婚してきたサイモンの姿がルアンの頭に浮かんだ。だが目の前の男性がサイモンを差し置いてチャームをコーンウォールへさらっていこうがどうしようが、正直なところルアンにはどうでもよかった。

「失礼します」ルアンはさっさと裏口に駆けこんだ。

午後十一時半には、屋敷は人であふれ返っていた。客間で踊る者、紙皿にのせた軽食をつまむ者、庭で談笑する者。パーティは大成功だった。

誰もが工夫をこらした仮装をする中、開け放たれたフレンチドアのそばにたたずむ人物がルアンの注意を引いた。細身の黒いズボンにトップブーツ。真っ赤な裏地のマントが引き締まった長身を包み、顔は黒いベルベットの仮面に隠されている。

一人ぼっちでビュッフェテーブルの前に立っていたルアンは、その人物から目を離すことができなかった。ルアン自身はピエロの扮装を身にまとい、目に銀色の仮面をつけていた。赤毛はとんがり帽子にたくしこみ、左頰の片えくぼには銀色の半月のシールが貼ってある。

マントの人物が人混みを縫ってこちらへ来ることに気づいて、ルアンの胸はどきどきしはじめた。男性は少しずつ、だが着実にルアンに近づいてくる。

「僕も何か食べさせてもらおう」深みのある声が頭上で響いた。

聞き覚えのある声だ。それに、中指にはめられたブラッドストーンの指輪にも見覚えがある。ルアンはぱっと笑みを浮かべた。

「あなただったのね！」

「こんばんは、ピエロ嬢《ピエレット》」タークィンはうやうやしくお辞儀をした。「うん、このソーセージロールはおいしいな。二時間も舞台に立ちっぱなしだと、すごくお腹《なか》が空《す》くんだよ。そこでアン・デストリーや彼女の婚約者と一緒にパーティに来ることにしたんだ。招待状には仮装でお越しくださいとあったから、舞台衣装のままでね」

ルアンは俄然《がぜん》パーティが楽しくなってきた。まさかチャームが劇団員にも招待状を出していたとは、嬉しい驚きだった。

踊ろう、といきなり腰に手を回されて、ルアンは小さく驚きの声をあげた。客間は人でいっぱいで、ダンスといってもその場で体を揺するくらいしかできなかったが、それでもルアンは天にも昇る心地だった。これでタークィンのすぐそばにいられるわ。

そう思う自分に、ルアンは自分でも驚いた。耳元で彼が何かささやくたび、自制心がゆるんでしまいそうな気がする。目の前にいるのはアヴェンドンの若者ではなく、タークィン・パワーズだ。おいそれと恋に落ちるわけにはいかない相手なのに……。

恋……。そう思っただけでルアンの胸が震えた。

ちょうどそのとき、チャームと目が合った。ルアンはとぼけて、誰と踊っているのか見当もつかない顔をした。チャームの隣にはエデュアードがいる。仮面こそつけていたが、真っ黒なイブニングスーツは、皆が仮装している中では妙に目立った。まっすぐこちらを見つめ、思案するように左の眉を上げたところを見ると、どうやらルアンの相手が誰かわかっているようだ。鋭い船乗りの眼力は、仮面をも見通せるらしい。今、彼の目には何が映っているのだろう？　手の届かぬ相手に恋をした、愚かな娘の姿だろうか？

「ここは人が多すぎる。外に出よう」

タークィンはルアンの手を握りしめ、開けっ放しのフレンチドアから庭に出ると、満開のライラックの下で足を止めた。

「すてきな春の夜だ、ピエレット」タークィンはライラックの枝の隙間から月を仰ぎ見た。「三日月のぶらんこに乗ってみたいと思ったことは？　だってピエロといえば、月のぶらんこじゃないか」

「わたしの仮装が気に入ってもらえて嬉しいわ、ミスター・パワーズ」

「そんな堅苦しい呼び方はやめてくれ」タークィンが微笑んだ。「できればクィンと呼んでほしい。プライベートでは、みんなそう呼ぶんだ」

そういえば、あの金髪の女性は彼のことをクィンと呼んでいたっけ。不意にさっきタークィンが言った言葉が脳裏によみがえった。〝アン・デストリーや彼女の婚約者と一緒に〟あの美しい女優は、舞台の上でこそタークィンの恋人を演じているが、プライベートでは、ただの友人だったのだ。

「タークィンと呼んだら、いやかしら？　その……あなたの名前はとってもすてきだと思うから」

「好きなように呼んでくれてかまわないよ」

突然、一組のカップルが笑いさざめきながら、二人を押しのけるようにして駆けていった。タークィンは仮面を取り、怒ったような顔を月光にさらした。

「もっと静かなところへ行かないか」

「五分ほど歩けば川に出られるわ。でも、こんなふうに勝手に抜け出していいのかしら？」ルアンが笑いながらピエロの帽子を脱ぐと、長い髪がはらはらと落ちて顔の周りを縁取った。

「もちろんさ」二人は寸暇を惜しんで逢引《あいびき》をする恋人のように、手に手を取ってにぎやかなパーティ会場をあとにした。

「このまま君をさらっていってもいいかい？」大通りを渡るとき、タークィンが言った。さっきまで降っていた小雨も上がり、月夜の空は穏やかだった。

ルアンはうなずいた。ほんの一瞬、若い娘をさらっていきそうなもう一人の男性の顔が脳裏をかすめた。まさか自分の身に、こんなドラマティックな出来事が起きるとは夢にも思わなかった。わたしは今、タークィン・パワーズに手を引かれ、月光にきらめくエイヴォン川のほとりを目指しているのだ。

ルアンは寒さからというより興奮からぞくりと身を震わせた。タークィンがマントを脱ぎ、ルアンの肩にかけてくれた。まるで恋人を気遣うような優しい仕草に、ルアンは恥ずかしくて目を上げることができなかった。でも彼は話し相手が欲しいだけよ。それ以上のことを期待するようなばかな真似《まね》をしてはだめ。ルアンは自分を戒めた。

夜空にマスク劇場が黒々とそびえていた。夜のしじまを破るのは川べりを歩く二人の足音だけだ。白鳥が一羽、優美なバレリーナのように川面《かわも》を滑っていく。

「一千人もの観客を前に舞台に出る瞬間って、どんな感じなのかしら？」

「恐ろしいよ」タークィンは即答した。「どれほどベテランの役者でも、舞台に出る瞬間だけは、台詞《せりふ》をとちるのではないか、何もないところでつまずくのではないかと思って生きた心地がしないものだ。だが最初の台詞を口にした瞬間、観客の反応が熱いうねりのように押し寄せてくると、それはもう天にも昇るような快感だよ」

「まるでロレンスが書いた愛の定義のようね」ルアンは微笑んだ。

二人は立ち止まって劇場に目をやった。そこは、ルアンが観客としてしか関わることのできないタークィンの世界だった。それなのに、月光を受けて夜空にくっきり浮かび上がるタークィンの横顔を見上げた瞬間、ルアンは自分が一人の俳優としてではなく、一人の男性として彼を愛してしまっていることに気づいた。

　二人の視線が絡み合った。

　タークィンの顔が優しくほころんだ。「君はお姉さんとは似ていないんだな」

「血がつながっていないの。わたしの母とチャームの父が結婚したというだけで」ルアンは微笑んだ。「言うなれば、血統書つきのペルシャ猫が飼われている家に、迷子の子猫が居候していると言ったらいいかしら？　チャームは上等のクリームとクッションを欲しがるけれど、わたしはただ――」〝愛情さえあれば〟と言いそうになって、ルアンは唇を噛《か》んだ。母が亡くなってから、衣食住にこそ不自由しなかったが、愛してもらったことはなかったからだ。

　タークィンが黙って聞いてくれたので、ルアンは堰《せき》を切ったように自分の思いを語っていた。

「サンシール家の人たちに感謝していないわけじゃないのよ。継父《ちち》は母によくしてくれたわ。わたしは実の父が誰か知らないの。わかっているのは、父が兵士で、母が父を愛していたということだけ。母の話では、二人は結婚の約束をしていたのに、突然、父が外国に出征を命じられ、そのまま戦死してしまったんですって。母は誰にも秘密を打ち明けることなく、こっそりわたしを産んだわ。そして、わたしが七歳のときに、スティーヴン・サンシールと結婚したの。その母も五年前に心臓病で亡くなったわ……。タークィン、結婚していない親から生まれた子どもであることを、わたしは恥ずかしく思うべきなのかしら？　チャームはわたしのことを恥さらしだと思っているけれど」

「たとえ親が結婚していなくとも、君が愛の結晶であることに変わりはない。大事なのは、自分をどう生かすか、そしてどう生きるかということだ」

　その言葉を聞いて、ルアンはもはや自分がチャームに何を言われても平気なことを知った。

ふと、チャームに〝あなたって不思議の国のアリスみたい〟とも言われたことを思い出し、ルアンは微笑んだ。

「何を笑っているんだい？」タークィンがルアンの頬に手を添えて、月明かりの方に向かせた。

ルアンの体をおののきが駆け抜けた。こんなふうに、魅力的な大人の男性にふれられるのには慣れていなかったからだ。

「〝ルアン〟とはケルトの言葉で〝流れる水〟という意味だね」

ルアンは驚きに目を見張った。「どうして知っているの？」

「子どものころ、休暇でコーンウォールに連れていってもらったことがあるんだ。まるで歩哨《ほしょう》に立つ騎士のように岩がそそり立ち、アーサー王物語を彷《ほう》彿《ふつ》とさせる荒野が広がっていたことを、今でも覚えているよ。海辺の大きな岩の奥には洞窟があった。僕はその洞窟を〝聖杯〟と名づけ、砂浜で拾った宝物をそこにコレクションしておいたものだ」

タークィンは気の置けない友人のようにルアンの肩に腕を回した。

「地名は思い出せないが、崖の上にシャトーに似たフランスふうの屋敷が立っていたのを覚えている。〝立ち入り厳禁〟という立て札に好奇心をそそられて、こっそり敷地に入ってみると、窓は鎧戸《よろいど》に閉ざされ、庭は荒れ果てていた。誰も住んではおらず、まるで幽霊屋敷のようだったよ」

ルアンは息をのんだ。思わずその屋敷の名前を、そして今そこに住んでいる、幽霊など恐れない男の名前を口にしそうになった。だがルアンは口を閉ざしていた。真実を告げても喜ばれないことがわかっていたからだ。美しい思い出は、そのままにしておくほうがいい。

「大人になってからそこを訪れたことは？」

「いや、ない」タークィンは寂しげに笑い、川面を泳ぐ白鳥を見つめた。「忙しくてその暇がなかったんだ。演劇学校に行って、それから劇団の一員となった。大道具を運ぶ裏方から始めて、次に槍《やり》を持つ兵士の役をもらった。初めて台詞がついたのは『ジュリアス・シーザー』でキャシアスを刺す兵士の役だったけれど、今ではキャシアスが僕の当たり役になっている。キャシアスは僕の大好きな役のひとつだよ。一癖も二癖もあって、アントニーやブルータスより演じるのが面白いからね」タークィンは小さく笑ってルアンを見た。「黙りこんでしまったけれど、こんな話は退屈かい？」

「ちっとも！」ルアンの声には、隠しきれない興奮がにじんでいた。「もっと聞かせてちょうだい」

タークィンはまた低く笑った。「君は本当に女優になる気はないのかい？」

「わたしは観《み》るほうが好きなんです。それに、本当に優れた俳優になるには、生まれながらの素質が必要でしょう？　たとえば顔立ちとか」

「ギリシア彫刻のような？」

「ええ。アン・デストリーはとても美人だわ。あの金髪が照明を受けて輝くと、とてもきれいよ。『オセロー』で、あなたが彼女の喉に長い髪を巻きつけるシーンがあったでしょう？　まるで首を絞めた指の痕を隠すみたいに。あれはとてもよかったわ」

「気がついてくれたのかい？」タークィンは満足げだった。「アンは見た目も美しいが、役者としても優秀だ。今シーズン、彼女と同じ舞台に立てて、僕は幸運だった。〈粉挽《ひ》き水車亭〉で一緒にいた砂色の髪の男性が、彼女のフィアンセのバックリー・ホルトだ。彼は最近めきめき名前が売れはじめた舞台デザイナーでね、今回もわれわれの『ハムレット』のためにすばらしい舞台道具を作ってくれた。僕にとっても、『ハムレット』は今回の公演の山場と言ってもいい。なんといっても、ハムレットを演じるのはこれが初めてだからね」

「あなたが演じれば、きっとすばらしいハムレットになるわ、タークィン」

「ありがとう。俳優なら誰しも、人生に一度でいいから、後々まで語り草になるような舞台に立ちたいと願っているものだ。俳優というのは見栄《みえ》っ張りでね、ピエレット。舞台が終わったあとも人から褒められたいと思っているんだよ」

「タークィン！」何かに取りつかれたような口調に、ルアンの背筋がぞくりと寒くなった。月明かりに照らされたタークィンの顔は、どこか思いつめた危うさをはらんでいる。ルアンは彼を抱きしめ、大丈夫よと言ってあげたかった。タークィンもわたしと同じように、実は繊細で傷つきやすい心の持ち主なのだ。

「怖がらせてしまったかい？」唐突にタークィンはルアンを抱き寄せた。「そろそろ家に戻ろうか」

「ええ……」答えるルアンの声が震えた。

「そして僕はおやすみを言って、君と別れなければならない」タークィンは言葉を切り、不意に荒々しい声でつけ加えた。「でも僕はそんなことはしたくない！　また君と会いたいんだ、ルアン。日曜日にボートに乗って川下りをしないか？　ピクニックバスケットにランチを詰めて、デートと洒落《しゃれ》こもうじゃないか」

「ええ！」ルアンの瞳が喜びに輝いた。「どこで待ち合わせましょうか？　ランチはわたしが作ったほうがいいかしら？」

「〈粉挽き水車亭〉のそばで会おう。あのあたりでボートが借りられるはずだ。ピクニックランチは〈レモンの店〉に注文しておくよ。あそこの七面鳥の腿肉やフォアグラのパテはおいしかったから」

「すてきだわ」ほんの数時間であってもタークィンとつき合えるのが、にわかには信じられない。ルアンはうっとりと微笑んだ。

「まさか、君にはもうボーイフレンドがいたりしないだろうね？」からかうようにタークィンが言った。

「いません」相手をじらすことなど思いもつかず、ルアンは慌てて答えた。「ぜひあなたと川下りに行きたいわ」

「よし、決まりだ。行き先は川の流れにまかせよう」ルアンが何も言えないでいると、タークィンが身をかがめ、ルアンの頬に軽く唇を押し当てた。

「君はまだ若いのに、わかっているんだな」

「わかっているって何を？」ルアンの胸は激しく高鳴っていた。目の前の男性に恋をしてしまったら、ひどく傷つくのはわかっていた。それでも彼を思う気持ちに素直に従いたかった。タークィンと過ごせる時間を心から大切にするつもりだった。彼がアヴェンドンを去るとき、死ぬほどつらい思いを味わうとしても、これまで思いもよらなかった経験ができるのは間違いないのだから。

「多くの人と接していても、僕が孤独な人生を送っていることを、だよ」タークィンは苦笑した。「わかってくれていると思うけれど、僕は甘い言葉で君を騙《だま》そうとしているわけじゃない。無垢《むく》な魂の持ち主である君なら、直感でわかるだろう？」

「ええ」ルアンは、同じように心の赴くままに人を愛した母カトリーナのことを思った。ほんの数時間前、母の犯した過ちゆえに、男性を恐れてはいけないと継父に言われたばかりだった。タークィンの腕の中にいれば幸せしか感じないのに、どうして恐れることがあるだろう？ルアンはまっすぐにタークィンの目を見上げた。二人が目と目を見交わして無言の会話を交わしている間に、雲が出て月を隠した。

「そろそろ帰らないと。また雨になりそうだ」残念そうにタークィンが言った。

その言葉どおり、帰る途中で雨が降りだした。屋敷に戻ると車寄せの車はほとんどいなくなり、イルミネーションの豆電球もいくつか切れてしまっていた。

タークィンはルアンの手を離す前に、ぎゅっと握りしめた。「約束だよ、忘れないで」

「もちろんです」ルアンがマントをタークィンに返したとき、アンとバックリーが屋敷から出てきた。

「クィンったら、こんなところにいたのね。ホテルまで車で送ってあげるわ」

「それはありがとう」タークィンはうやうやしくお辞儀をしながら、ちらりとルアンに目配せをした。

ルアンの心臓がどきりとした。二人の約束は誰にも知られてはいけないのだ。あれこれ人に詮索されたら、楽しみが台無しになってしまう。タークィン・パワーズともあろうスター俳優が、菫《すみれ》色の瞳しか取り柄のない地味な娘とデートすると知られたら、大騒ぎになるに決まっている。

「おやすみなさい！」ルアンはそう言って屋敷に駆けこんだ。

玄関ホールでは、タルガースがチャームにいとまごいをしているところだった。

「すてきなパーティだったわね、チャーム」ルアンは朗らかな声をあげた。「お楽しみになれまして、ミスター・タルガース？」ルアンは階段を半分上がったところで振り返った。髪が雨に濡《ぬ》れ、目はきらきらと輝いている。

「君は楽しんだのかい、ミス・ペリー？」鋭いまなざしは、君がタークィンと抜け出したのはお見通しだと告げていた。

「ええ、とても」挑むようにルアンは言い返した。彼はいったいなんの権利があって、わたしを非難するような目をしているのだろう？　わたしはパーティ会場の隅っこで、サンシール家のお情けだけを受けていればよかったというのだろうか？　不意にルアンは怒りにかられ、相手の浅黒い顔をぶってやりたくなった。こんな傲慢な男性は大嫌い！　美しい女しか愛される価値がないと思っているに違いない。

「まだしばらくアヴェンドンに滞在なさるんですか？」ルアンはそっけなく尋ねた。「それとも、早くシャトーに帰りたくてたまらない？」

エデュアードの目が険しく細められた。緊張をはらんだ一瞬、二人は見つめ合った。眉根が寄せられ、青い瞳が険悪そうにきらめいた。

「人間には二種類ある」エデュアードは低い声で言った。「飼い慣らされた人間と、野性を残した人間だ。君がコーンウォールに来れば、僕がどんな人間か教えてあげよう」

「そのことなら、もうお返事したはずです」ルアンは言葉を返した。「あなたと一緒にあなたの奥様のいるコーンウォールに行くつもりはありません」

「僕は結婚していない、ミス・ペリー」

「でも、いずれは結婚なさるわ」ルアンはくるりと背を向け、階段を駆けのぼった。海のように青い絨毯《じゅうたん》の上でタルガースが立ちつくし、こちらを見ているのを感じながら。

彼がどんな人間かくらい、わかっていた。あんな男の相手をしなければいけないチャームが気の毒にさえ思えた。タルガースは気前よく贈り物をしてくれるかもしれないが、自分の生き方はけっして変えようとしない男性だ。女のほうが、彼のやり方に合わせなければいけない。

「タークィン」そうつぶやくと、ルアンは窓辺の長椅子に丸くなった。そよ風がそっと頬をなでる。タークィンのキスを思い出したルアンは、エデュアード・タルガースへの怒りを忘れた。

日曜日には、またタークィンに会える。

3

それから二人は日曜ごとにデートに出かけた。二人で一緒に眺めているだけで、イングランド郊外の景色がこんなに美しく際立って見えるとは驚きだった。二人は川岸でピクニックをしたり、古いチューダー様式のコテージを改装したパブまで足を伸ばして、ローストビーフに舌鼓を打ったりした。ゆるやかな丘の遊歩道をたどり、ローマ時代の遺跡を巡ったこともある。

タークィンがどれほど演劇に心血を注いでいるかをルアンは知った。そして、そのストレスを発散するために、黙って彼の言葉に耳を傾けてくれる相手をどれほど必要としているかも。

その日、二人は白い壁に藁葺《わらぶ》き屋根が美しいコテージを訪れた。庭には花が咲き乱れ、窓辺に銅製の水差しが置かれた、絵に描いたように完璧なコテージだった。

二人は言葉もなくボートに戻った。ルアンが黙って微笑《ほほえ》むと、タークィンがその手にキスをした。

「かわいい妖精、君は僕の心が読めるらしい。僕の心が二つに引き裂かれているのがわかるんだね?」

ルアンはうなずいた。タークィンが心の底から幸せでないことは——何かが二人の間に立ちはだかっていることは、うすうす感じていたからだ。

「君はまれに見るすてきな女性だ、ルアン。もう言ったろうか。造化の神が寛大にも、君に美しい菫《すみれ》色の瞳を賜ったことを」

そんなふうに耳に快い言葉をタークィンはよく言ってくれたものだ。だがルアンはそれを愛情表現だとは考えないようにしていた。タークィンがわたしのような田舎娘に恋してくれるだなんて、考えるだけでもおこがましい。彼はただ気ままに話のできる相手が欲しいだけなのよ、と自分に言い聞かせて。

その日の夕方、水車小屋のそばの橋で別れるとき、タークィンは唐突に、青い聖甲虫《スカラベ》の指輪をルアンに差し出した。青い宝石のはめこまれた羽の部分の下に、台座に刻まれた異国の文字が透けて見える、見慣れない指輪だった。

「僕たちの友情のしるしに」その言葉とは裏腹に、タークィンはルアンの左手の薬指に指輪をはめた。

気持ちをもてあそばれているようで、ルアンはがまんできなかった。「こんなものはいらないわ！」

ルアンは指輪をはずすとタークィンの足下に投げつけ、くるりと背を向けて走りだした。

「ルアン、待ってくれ」

夕日と涙で目が曇り、ルアンは橋のたもとの階段で足を踏みはずした。あっと思ったときには、土手の草むらに頭から倒れこんでいた。

「ルアン！」タークィンが草に膝をつき、ルアンを抱き起こした。その顔は心配そうに曇り、口元がぴくぴく痙攣《けいれん》している。シャツの襟をはだけたタークィンの肌の温《ぬく》もりがルアンに伝わってきた。

「お願い、放してちょうだい」ルアンはもがいた。「わたしなら大丈夫だから」

だが彼はルアンを放さなかった。「いやだ」

かすれたささやき声がしたかと思うと、ルアンは抱きすくめられた。夕闇の迫る中、彼の顔がゆっくり近づいてくる。思わず息をのんだ瞬間、信じられないことに温かな唇が重ねられてきた。不意に、穏やかな温もりは燃え上がる炎となり、優しかった抱擁は、こらえてきた男の情熱がほとばしる激しいものに変わった。

タークィンは、ルアンの目や唇や喉にキスの雨を降らせた。たがが はずれたような愛情表現の渦にのみこまれ、ルアンはほんの少し恐怖にかられ、半ば笑いながら懇願する羽目になった。お願いだからやめてちょうだい、キスで死んでしまうわ、と。

タークィンはルアンをかき抱いた。やがて夜の帳《とばり》が下りて、空に星がひとつまたひとつと姿を現した。それを見上げながら、ルアンは幸せがすぐそこに待っているような気がした。

「君が愛《いと》おしい」タークィンはつぶやいた。「プードルを抱えて立つ君を見た瞬間、なんて愛らしいのだろうと僕は思った。そして無垢《むく》そのものの君には、けっして手をふれるまいと誓った。友だちとして楽しい午後をともに過ごせればそれでよかった……少なくとも、そのつもりだった」

ルアンは口が利けなかった。キスがなぜ危険なのか尋ねることもできなかった。ルアンはただタークインの腕の中で、こわばった彼の顔を見上げていた。

「ピエレット」もつれた赤毛に唇を寄せ、タークィンはささやいた。「どうして僕が本心にあらがい、ただの友人でいようと必死に自分に言い聞かせてきたのか、君は見当がつかないのかい？　左手の薬指にだけは、僕の指輪をはめてあげることはできなかったのに」

水車の回る音と胸の鼓動にぼんやり耳を傾けていたルアンに、いきなりつらい真実がタークィンの告白という形で突きつけられた。

「僕は結婚しているんだ、ルアン」タークィンは吐き捨てるように言った。「僕が一度もキスしなかったことを、君は不思議に思わなかったのかい？」

結婚している？　タークィンが？

教会の晩鐘がまるで弔いの鐘のように聞こえ、真実を知った苦いショックがルアンの全身に広がっていった。「あなたに奥さんがいるなんて、誰も一言も言わなかったわ」

「僕が結婚していることは、ごく親しい友人しか知らないからだ」ため息をもらすと、タークィンはルアンの手を引いて立ち上がった。

二人は黙って橋の上に戻り、さっき立っていたあたりをタークィンがライターで照らした。ほどなく、ルアンが投げ捨てた指輪が見つかった。

「どうか受け取ってくれ」タークィンはあらためて指輪を差し出した。「どの指にはめてくれてもいい。たとえ僕たちが友情以上の気持ちを抱いていても、友人としてつき合うしかないのだから」

「なぜ誰もあなたの奥さんのことを教えてくれなかったのかしら？」

タークィンはルアンの手のひらに指輪を押しこんだ。「僕たちは別居しているんだ。ニナとは、僕がまだ駆けだしの俳優だったころに結婚した。ニナは心を病み、今はアメリカの療養所にいる」タークィンは深いため息をもらした。「ニナはもう僕と心を通わすことができない。それなのに、僕たちのどちらかが亡くなるまで、夫婦の縁を切るわけにはいかないんだ。美しいイタリア人のニナに夢中だった僕が、結婚するときにカトリックに改宗したからだ。その意味がわかるね？」

「ええ、わかるわ」ルアンはかすかな声で答え、震える指で右手の中指に指輪をはめた。この指輪は、ずっとはずさないでいよう。タークィンを偲《しの》ぶよすがは、これしか残らないかもしれないのだから。

「本当にお気の毒な話だわ。いつまでも淡いつき合いのままなのは、わたしが華やかな演劇界にそぐわないからだと思っていたの。てっきり、わたしが世間知らずで、美しくもないからだと……」

「かわいい僕の妖精」タークィンは痛いほどの力をこめてルアンの肩をつかんだ。「そんなはずはないだろう？　君の菫色の瞳がどれほど僕を魅了したか。君の無邪気な笑顔がどれほど僕の心を和ませたか。人目を忍んで川遊びをしたことを、僕はけっして忘れないよ」
「なんだか、もうお別れのような口ぶりね、ターク
イン」ルアンは泣かずにいるのが精いっぱいだった。
「僕たちは二度と会うべきではなかったんだ。それ
なのに、仮面舞踏会に招待してくれたチャーム・サ
ンシールという女性には、ルアンという珍しい名前
の妹がいると聞いて、僕はそれが君かどうか確かめ
ずにはいられなかった。思ったとおり、パーティ会
場には君がいた。ピエロの仮装をした君は、雨に洗
われた新緑のように爽やかだった。とうに若さを失
った僕は、君に近づくべきではなかったんだ」
「わたしは何ひとつ後悔していないわ」ルアンはま
っすぐにタークィンの目を見て微笑んだ。たとえ未
来をともにできないとわかっても、タークィンと知
り合えた喜びは少しも損なわれなかったからだ。
「あなたが『ハムレット』の舞台に立つまで、まだ
二週間あるわ。つまり、あと二回は日曜日のデート
ができるということよ」
「これ以上、二人きりで過ごすのは危険だ。僕だっ
て生身の男だし、君ももう子どもじゃない」
「残された時間がわずかなら、なおのこと、一緒に
過ごせる時間は一瞬も無駄にしたくないわ。それに、
ほら、来週はストラットフォードに行く約束だった
はずよ」
タークィンはルアンを抱きしめ、赤い髪に頬を寄
せた。「『ハムレット』が終わったら、僕は映画の撮
影のためにローマへ行く。すべての時間を舞台に捧《ささ》
げたくても、ニナの療養費を稼ぐためにはこうする
しかないんだ——これから何年も」
「かわいそうなタークィン」ルアンは彼の頭を引き
寄せた。
そして二人は悲しい情熱に身を委ねるようにキス
を交わした。
ルアンが憂いに沈んだまま帰宅すると、屋敷はチ

ャームの友人であふれていた。

「やあ、おめでとう」なんとなく見覚えのある誰かが声をかけてきた。「チャームの結婚が今日決まったんだよ」

結婚？　チャームが？

「知らなかったわ。今日はずっと出かけていたから」客間からは笑い声や乾杯の音が聞こえてくる。お祝いの言葉を言いに行くべきなのだろうが、ルアンはどうしてもその気になれなかった。エデュアード・タルガースは数日前コーンウォールに帰ったはずだが、さすがに今日はここに来ているに違いない。

「サイモンは本当に幸運なやつだ。二人の未来に乾杯！」ルアンの相手はシャンパングラスを掲げた。

サイモン？　チャームの相手はサイモンなの？

ルアンは階段の手すりにぐったりともたれかかった。チャームが裕福な一家の跡継ぎであるサイモンを拒んで、コーンウォールの荒野に行くと考えたなんて、なんてばかだったのだろう。今になって考えれば、チャームとエデュアードがお似合いでないことは、火を見るより明らかだ。

チャームもサイモンも派手に楽しむことが好きだ。夫がサイモンなら、チャームも好きなように操れるだろう。いっぽう、あの傲慢なエデュアードが誰かの言いなりになるところなど想像することもできない。エデュアードといえば、最後に彼の姿を見たのは勤め先のアンティークショップでのことだった。そのとき彼は陶磁器の人形を買っていった。風に飛ばされそうな帽子を手で押さえた、赤い靴の少女の人形だ。値段の高い品物だったが、ルアンはもう少しで、チャームに贈るなら宝石か白粉入《おしろい》れのほうがいいと助言しそうになった。

レジカウンターの向こうのエデュアードは、繊細なアンティークを威圧するように立っていた。「ショーウィンドウにマスク劇場のポスターを貼ったのは君かい？　君が芝居ばかり観《み》ているものだから、僕は君の家を訪ねても、君に会えたためしがない」

「昔からお芝居が好きなんです。それに、有名な俳優が出演するとなると見逃せませんから」つい弁解するような口調でルアンは答えた。

「気をつけるがいい、ルアン。スター俳優のきらめきに見とれていたら、星くずが目に入って痛い目に遭うぞ」そう言ってエデュアードは店を出ていった。

それから二週間というもの、その言葉が何度もルアンの脳裏によみがえった。

ルアンは劇場の舞台裏に入れてもらえるようになり、女優のアン・デストリーとも親しくなった。アンも歯に衣《きぬ》を着せない言い方をする女性だった。

「バックリーもわたしも、クィンの気持ちを知っているし、あなたが浮ついた考えで彼とつき合っているのではないことも知っているわ。でも、クィンと結婚するわけにはいかないのよ。あなたは愛人の立場に甘んじることができるの？」

面と向かってそう問われると、ルアンはひるまずにはいられなかった。一人で考えているとそんな生き方はできないと思うのだが、タークィンと一緒のときは彼に喜んでもらうことしか考えられず、もし彼が望むならローマで彼の愛人になってもいいとさえ思うのだった。さすがにタークィンがその願いをはっきり言葉にすることはなかったが、彼がアヴェンドンを発《た》つ日が近づくにつれ、ローマに来てほしいと言われそうな予感がしてならなかった。

彼のまなざしや、その抱擁、熱のこもったキスから、孤独に終止符を打ち、ルアンと一緒になりたいという思いがひしひしと伝わってくるからだ。

ストラットフォードに向かう道中で、古城のような雰囲気のパブに立ち寄ったとき、二人の間には妙な緊張が張りつめていた。二人が食事をとったガーデンテラスには、古いローマ時代の井戸があった。

タークィンはルアンに、写真を撮りたいから井戸の横に立ってくれと言った。

「思い出のアルバムに貼る写真かしら？」雰囲気を明るくしようとルアンが口にした言葉は、逆効果だった。

タークィンは怒りに瞳を燃え上がらせると、つかつかとルアンに歩み寄って彼女の顎をつかんだ。ルアンの顔から笑みが消える。

「もし僕が古代ローマ人で、君が奴隷の娘だったなら、君をさらっていくだけでよかったのに」タークィンは荒々しく迫った。

いきなり首筋にキスされて、ルアンは小さく悲鳴をあげた。「タークィン、場所を移しましょう」息をはずませながら言う。「人に見られるわ……お願いよ」

「たしなみを守れというのか？」タークィンはあざけるように言い返した。「それとも君は、急に僕の愛が怖くなったのか？」

「意地悪を言わないで」

「愛は残酷なものだ」テラスで食事をしている人々の目を避けるように、タークィンは垣根の陰にルアンを引き寄せた。垣根の根元には、野生の菫が群生していた。タークィンはしばらく足下の菫を見つめていたが、やがて顔を上げ、その花と同じ色をしたルアンの瞳をのぞきこんだ。「どうして君は友人でいても平気なふりをするんだ？　僕たちは見つめ合うだけで、他の人間など目に入らなくなってしまうのに」

「わたしは自分の気持ちが怖いのよ、タークィン」

「ああ、ルアン」タークィンの手が赤褐色の髪を優しくなでた。「僕が怖くないと思っているのかい、かわいい妖精？　君に別れを告げる苦しみを僕が味わいたいと思っているのかい？」

タークィンがルアンの髪に頬を寄せると、足下の菫がいっそう香り立ったような気がした。これから菫を見るたび、今の瞬間を思い出すだろう。ルアンはそう思った。

力をこめて抱きしめられたとき、ルアンはタークィンが何を言うつもりなのか悟った。そして、今こそ運命を決する瞬間なのだと知った。

「一緒にローマに来てほしい。僕はもうこれ以上、孤独には耐えられない。君がいないと、虚《むな》しさと寂しさでどうにかなってしまいそうだ」

ルアンの心を打ったのは、孤独という一言だった。孤独とはつまり、愛されていないということ、必要とされていないことに他ならない。自分はタークィンに必要とされているのだという喜びが、罪深い関係を受け入れる格好の口実になった。

タークィンがいつもはめているブラッドストーンの指輪に、ルアンはそっとキスをした。言葉を発しなくても、答えが伝わった。

「ああ！」タークィンはルアンをかき抱き、垣根に押しつけるようにしてキスをした。ルアンの全身がさざめいた。ルアンは、きれぎれにタークィンがつぶやく愛の言葉だけを聞き、彼の顔を見つめることだけを考えた。とがめるような母の顔は、想像するだに忍びなかった。一瞬、ごつごつした浅黒い男性の顔も脳裏に浮かんだが、ルアンは慌てて心から押しのけた。これはわたしの人生だわ。わたしのことを思ってくれるのは、タークィンしかいないのよ。

「タークィン、そろそろ行きましょう」

名残惜しそうなタークィンから身を離すと、ルアンは笑いながら駆けだした。二人が追いかけっこをする様子を、ランチテーブルの人々が見つめていた。

「あら、彼はこの間、『悪口学校』に出ていた俳優よ！」誰かが叫んだ。

「連れの女性も俳優なのかしら？」

「そうに違いないわ。舞台で見るよりずいぶん地味だけれど」

ルアンは苦笑しながら、タークィンとレンタカーに乗りこんだ。

タークィンはスピードを出して運転するほうだったので、一時間ほどで二人はストラットフォードに到着した。アーチが美しいクロプトン橋を渡り、きらめくエイヴォン川に沿って走ると、やがてメモリアル劇場が近づいてきた。

外見こそ四角い箱のようなモダンな建物だが、ここそシェイクスピア劇の本場だ。

「この劇場で、『ロミオとジュリエット』のマキューシオを演じたことがある」

「観てみたかったわ」ルアンは微笑んだ。「ねえ、そのときのことをもっと聞かせて。メモリアル劇場の舞台はどんな感じだったの？」

「すばらしかったよ。マキューシオの役は楽しかった。僕の年になると、ロミオを演じるには無理があるからね。知っていたかい、ルアン、僕はもう三十二歳なんだよ」

「そのくらいの年齢だろうと思っていたわ」

「平気なのかい？」タークィンはルアンの手を握った。「君はまだジュリエットと言ってもいい年頃だ。ロミオに口説かれるほうが嬉《うれ》しいんじゃないか？」

「わたしはペトルーキオのほうが好きよ」

「君の気質は、じゃじゃ馬のケイトには似ても似つかない」タークィンは微笑ましげにルアンを見つめた。「でも、外見だけならケイトに似ているかもしれないな。〝ケイトははしばみの枝のようにほっそりとして、その実のように美しい〟」

元のメモリアル劇場は火事で焼け落ちてしまったが、併設の書庫と肖像画ギャラリーは火事を免れ、現在も資料館として公開されている。二人は舞台衣装や原稿、それに有名な俳優の肖像画を見て回った。憂いを含んだハムレット。甲冑《かっちゅう》姿のアントニー。

オセローに扮《ふん》したローレンス・オリヴィエ。

「オリヴィエの『オセロー』は演劇史上に残る最高の芝居だった」タークィンが万感の思いをこめて言った。「オリヴィエは本当にすごい役者だよ」

ぞくぞくする興奮がルアンの体を走った。いつかタークィンもオリヴィエに負けない名優となり、人々がこのギャラリーで彼の肖像画を眺める日が来るに違いない。

そのタークィンは今、物思いに沈むハムレットの肖像を眺めていた。『ハムレット』は、アヴェンドンでの最後の演目だ。それが終われば、二人はアヴェンドンに別れを告げ、ローマに向かうことになる。

わたしたちはこれから幸せになるのよ。ルアンは懸命に自分に言い聞かせた。

「さて」タークィンがルアンの腕を取った。「ごく普通の観光客のように、アン・ハザウェイの家を見に行こう。それからアヴェンドンに戻って、〈粉挽《ひ》き水車亭〉でバックリーたちと夕食にしよう」

ギャラリーの出口で、ルアンは最後にもう一度振り返った。「ここはまるで別世界だわ」

「僕と一緒に来れば、これが君の世界になる」

ルアンはうなずいたが、先行きを思うと少し怖かった。ローマに行けばすべてをタークィンに捧げることになる。そうなったら、もう後戻りはできない。

二人は黙って車に戻り、シェイクスピアの妻が結婚前に住んでいたコテージへ向かった。

コテージの茅葺《かやぶ》き屋根を支える漆喰《しっくい》の壁は、長い年月の重みでわずかに傾いていた。だが、その静かなたたずまいは、多くの観光客が出入りしても少しも乱されることがなかった。

日が傾いてきたころ、とある観光客のグループがタークィンに気づき、サインを求めてきた。タークィンは気さくに応じ、気取った手つきでガイドブックにサインをした。

中でも一人の若い女性が、うっとりした顔でタークィンを見つめていた。ルアンは初めて彼に会ったときのことを思い出した。わたしもあんな表情でタークィンに見とれていたのだろうか？　いかにもスターに憧れる田舎娘まる出しで？　だからタークィンはチャームのパーティに来てくれたのだろうか？

いくらなんでも考えすぎよ。ルアンは自分を戒めた。〝彼女こそ僕が妻に選んだ女性です〟とタークィンに言ってもらうことはできないのだから。

やがてタークィンは笑顔でファンに別れを告げ、ルアンの方に戻ってきた。女性たちの目が品定めするように自分にも注がれるのをルアンは感じた。

「どうしたんだい、スイートハート？」

「行く先々で女性から熱いまなざしを注がれるのは、どんな気分かしら？」

「お土産として持って帰るために、薄切りにスライスされる気分だよ」

ルアンは声をあげて笑った。タークィンの腕が腰に回されるのがわかった。あの人たちはこの様子を見て、わたしが何者か、わたしたちがどういう関係なのか、頭を悩ますことだろう。タークィンはこういう形で、わたしが特別な存在であることをアピールしてくれているのだ。

車に乗りこむとき、タークィンはルアンの髪に軽くキスをした。「この髪はまるで君のようだ。ひまわりの花のように明るい」

ルアンはタークィンの目を見た。いつの間にか、言葉を交わさなくてもタークィンと心が通じ合っている。タークィンはさっき自分がファンの相手をしている間、ルアンが疎外感を覚えたことを察し、大丈夫だよとキスと視線で伝えてきたのだ。

二人の車は、夕映えが真っ赤に染め上げた丘陵地帯を走った。鳴きかわす鳥の声の中に、ルアンはカッコウの声を聞いたような気がした。

「願い事をして！　カッコウの声が聞こえたわ」ルアンは慌てて言った。

「子どもみたいなことを言うんだな」タークィンは口元をほころばせた。「よし、願い事をしたよ。何を願ったか教えてあげようか？」

「だめ。人に話したら願いがかなわないのよ」

「かわいい妖精、僕の願いはもう半分かなったも同然だよ」

　タークィンが何を言っているかわかる。ルアンは嬉しくてたまらず、そっとツイードのジャケットに寄り添って頭を預けた。

〈粉挽き水車亭〉に着く前に夜の帳が下りた。いつの間にかまどろんでいたルアンは目を覚まし、夜空を見上げて言った。「まあ、あの星を見て。あんなにじっと輝いているのを見ると、なんだか少し怖いわ。星は何か特別な理由があって、あそこで光っているのかしら」

「僕たちが星空の下でキスができるようにさ」タークィンは道端に車を停《と》め、ほっそりしたルアンの体を抱き寄せた。

　最初はじらすようなキスだった。ところがタークィンはいきなり痛いほどの力でルアンを抱きすくめたかと思うと、体をおののかせた。

「ああ、ルアン、僕のためにすべてを捨ててもらって本当にいいのかい？　故郷や家、そして結婚相手に出会うチャンスを……」

「あなたを愛しているから、未来は少しも怖くないわ」ルアンは引きしまったタークィンの頬に手をふれた。「それにサンシールの屋敷は、本当の意味でわたしの家じゃなかった。あなたの横こそ、わたしのいるべき場所なのよ」

「ああ、君と結婚できたらいいのに」タークィンはルアンのまぶたや頬や耳たぶにキスの雨を降らせた。

「君の気持ちは確かかい？　星のきらめきに目をく

らませているだけじゃないのか？」

ルアンはどきりとした。エデュアードの言葉が脳裏によみがえったのだ。〝気をつけるがいい……星くずが目に入って痛い目に遭うぞ〟

「違うわ！」ルアンは思わず叫んでいた。そしてタークィンの肩に顔を埋《うず》め、その温もりと力強さにしがみついた。「あなたの腕の中でしか、もう生きている実感が得られないの。わたしを必要としてくれるのは、あなただけ。他の誰ひとり、わたしのことなど気にもかけてくれないんだもの」

「君は寂しさと愛を間違えていないか？」

「キスして」ルアンはささやいた。「そうすれば、答えがわかるわ」

ルアンがサンシール邸に戻ったときには、かなり夜も遅い時間だった。客間の前を通ったとき、中からチャームに呼び止められた。「ルアンなの？　ちょっと話があるんだけれど」

数日前、〈レモンの店〉でタークィンと食事をしているところをチャームの友人に見られてから、いずれこうなることは予期していた。ルアンは覚悟を決め、客間に足を踏み入れた。

チャームはソファに腰を下ろし、クッションに身を預けていた。誰が見るわけでもないのに、青いドレスを着たその姿は実にエレガントだった。

つねづねルアンは、継姉の性格がその美しい外見に釣り合っていればいいのにと思っていた。そうすればルアンも、もう少し楽しくこの屋敷で暮らせたかもしれない。だがチャームの本質は雌豹《ひょう》だった。地味なルアンに研ぎ澄ました爪を突き立てるのが、楽しくてたまらないのだ。

「こんな遅い時間までどこで何をしていたの？」愛想のよい声でチャームは尋ねた。

「何が言いたいの？」ルアンは身をこわばらせた。

「あら、わかっているくせに。アヴェンドンの住民の半分はもう、あなたとマスク劇場の俳優が関係を持っていることを知っているのよ」

ルアンの顔から血の気が引いた。チャームの言い方はまるで、二人がよからぬ情事にふけっているように聞こえる。タークィンがアヴェンドン一美しい自分ではなく地味な継妹を選んだことを妬んで、チャームは意趣返しをしようと言うのだ。

大きな菫色の瞳が、はしばみ色の瞳を真っ向から受け止めた。チャームの目が猫のように細められる。サイモンからはダイヤモンドの婚約指輪をもらい、コーンウォールの紳士には思いを寄せられたうえで、チャームはハンサムな俳優の心もつかみたいのだ。

「あんなに年の離れた男性とつき合うなんて、愚かなことをしているとは思わないの?」真っ赤に塗られた唇から、辛辣な言葉が飛び出した。「役者がちょっと関心を示してやれば、地味でばかな娘がひっかかることくらい、誰だって知っているわ。お父様やわたしに迷惑をかけないでちょうだいね。あなたには、ふしだらな血が流れているんだから」

「わたしのことはともかく、母の悪口は言わないで」ルアンの瞳が怒りに燃え上がった。「わたしとタークィンの関係にやましいところなどひとつもないわ。彼は優しくて教養がある、最高の俳優よ。どこかの三流役者と一緒にしないで」

「あらあら、すっかり彼にお熱みたいね。でもあなたのヒーローがアヴェンドンを去ったらどうするの?」あざけるようにチャームは言った。「結婚なんかしてもらえないわよ。洗練された演劇の世界に、あなたはそぐわないもの。あなたはただ、彼がアヴェンドンにいる間、彼のプライドを満たすために相手をしてもらっているだけよ」

自分もタークィンと一緒にアヴェンドンを去るのだと言い返せたら、どれほど溜飲《りゅういん》が下がったことだろう。だがルアンは口をしっかり閉ざしていた。時が来れば、黙って出ていけばいい。今夜チャームは、わたしがただの居候から、目ざわりなライバルに変わったことを教えてくれた。万人が認める美人でもないくせにタークィンの心を射止めたわたしに、チャームは嫉妬しているのだ。

継姉がサイモンを少しも愛していないことをルアンは悟った。チャームはただ、自分が優位に立てる相手を選ぶしかなかった。さもなければ、エデュアード・タルガースと婚約していたことだろう。チャームは心の赴くままに恋ができるわたしに腹が立って仕方がないのだ。

自分より頭ひとつ背の高いチャームが立ち上がったので、ルアンは思わず身をこわばらせた。

「もし面倒なことになっても、わたしやお父様に助けを求めないで」チャームは憎々しげに吐き捨てた。

「あなたみたいな不器量な娘を、いっときの手慰みでなければ誰が相手にするものですか！　髪はぼさぼさだし、口紅ひとつ塗っていない。それとも、せっかく塗った口紅は、道端に停めた車の中でキスをするうちに剥げてしまったのかしら？」

痛烈な一言は真実を突いていたが、それでいてタークィンの腕の中で味わった甘い苦しみとはかけ離れていた。打算で結婚を決めたチャームを目の当たりにしたことで、ルアンの目が開かれ、未来がはっきり見えるようになった。タークィンと行けば、つらい思いもするだろうが、絶対に幸せを味わうことができる。その一方、このまま屋敷にとどまれば、お情けで住まわせてもらっている居候扱いからは抜け出せない。

「心配はいらないわ。もし困ったことになっても、あなたたちには頼らないから」ルアンは静かに告げた。

ルアンはくるりと背を向けて客間を出た。自分の部屋に戻ったとき、時計が真夜中を告げる音が聞こえた。舞踏会に行ったシンデレラが、ぼろの服に戻る時刻だ。ルアンはドアを閉め、部屋の明かりをつけた。そのとたん、ドレッサーに映った自分の姿が目に飛びこんできた。顔は血の気がなく、髪はぼさぼさだ。

彼はこの髪を、ひまわりのように明るいと言ってくれた。

あれは彼の本心のはずだ。チャームが言うように、わたしといれば彼のプライドが満たされるからだとは思いたくない。

〝君がいないと、虚しさと寂しさでどうにかなってしまいそうだ〟とタークィンは言った。

必要とされることと、愛されることは違うのだろうか？

4

金曜日は朝からじっとりと生暖かく、雷雨になりそうな雲行きの日だった。

「天気が崩れそうね。せっかくここ数日、晴天が続いていたのに」アンティークショップでルアンと一緒に働いているケイが言った。

ルアンは、店主がオークションで買いつけてきた品々を箱から出し、埃《ほこり》を払っていた。「降るのならさっさと降って、夜には雨が上がってくれるといいんだけれど。お芝居を観《み》に行く約束があるの」

ケイは訳知り顔でうなずいた。「今夜はいよいよ『ハムレット』なんでしょう？」

「ええ」われ知らずルアンの胸が高鳴った。

午前中は何事もなく過ぎた。昼食どきになり、ケイは隣の〈レモンの店〉に行ったが、ルアンは店に残ってサンドイッチを食べた。ショーウィンドウを見た観光客がふらりと買い物に寄るかもしれないので、交代で店番をすることに決めたのだ。

ぼんやりと雑誌を読んでいるとき、店のドアが開いた。客だと思って目を上げると、籠いっぱいの菫《すみれ》の花を持った使い走りの少年が立っていた。

「ミス・ペリーにお届け物です」少年は籠をカウンターに下ろし、リボンのかかった小箱をそのかたわらに置いた。

わけがわからず当惑するルアンを残し、少年はさっさと行ってしまった。箱のリボンをほどいてみると、中からは美しい菫色をした高価なフランス製の香水が現れた。添えられたカードには、見間違いようのない筆跡でこう書いてある。

〈庭の菫より美しい瞳を持つ君へ。今夜、君に会えるのを楽しみにしている。ターク ィン〉

ルアンの目に涙が浮かんだ。なんてタークィンらしいのかしら。よりによって今日――彼にとって最も大事な演目『ハムレット』のリハーサル中に、わたしに贈り物をしてくれるなんて。

ルアンは試しに香水を少しつけてみてから、ベルベットのような菫の花びらをなでた。ストラットフォードのパブが思い起こされた。

愛は残酷だと言ったタークィンは、これからきっとニナの影が昼となく夜となく二人につきまとうことを言っていたに違いない。それでもルアンがローマに行こうと決意したのは、タークィンを心から愛しているからだった。

「あら、まあ」店に戻ってきたケイが、カウンターにあふれる菫の花に目を丸くした。「例のハムレット王子からの贈り物?」

「ええ」ルアンは微笑《ほほえ》んだ。

「本当に彼を愛しているのね。でも、彼とつき合うのは賢明かしら？　彼がアヴェンドンを去るときに、つらい思いをするに決まっているのに」

タークィンと一緒に町を出ることは、まだ誰にも言っていなかった。店主のミスター・ウェルズには辞意を伝えたが、辞める理由までは話していない。ケイは、わたしが辞めると知ったら動揺するだろう。

今が打ち明けるチャンスかもしれないと思った矢先、土産物を求める客の群れが押し寄せてきた。しばらくは息をつく暇もないほどの忙しさで、ようやく一段落ついたのは、午後四時を回ったころだった。

「〈レモンの店〉でお茶とケーキを調達してくるわ」ケイが言った。「大変！　稲妻が光ったわ。すぐに雷が来るわよ」言い終わらぬうちに空がごろごろと鳴りはじめた。降りだした雨の中をケイは走っていった。

雨とともに、菫の香りがいっそう濃厚になったように感じられた。さっき客の一人が菫を売り物と間違えたことを思い出し、ルアンは独り微笑んだ。これはわたしだけの菫よ。マスク劇場で、今夜の芝居のリハーサルをしている愛《いと》しい人からの贈り物なの。

マスク劇場はとても立派な劇場だった。正面は重厚な石造りの柱が印象的なロマネスク様式で、屋根には大きなガラスドームがはめこまれている。張り出し舞台には凝った彫刻がほどこされ、ボックス席のカーテンと緞帳《どんちょう》は揃《そろ》いの深紅色だ。

「『ハムレット』ほど幕開きの面白い芝居はないよ」昨夜《ゆうべ》、〈粉挽《ひ》き水車亭〉で夕食をとったあと、キャンドルが燃えるテーブルでタークィンは言った。「真夜中の城壁。目に見えぬ亡霊におののく歩哨《ほしょう》たち」

懊悩《おうのう》する異国の王子としてタークィンが舞台に登場した瞬間から、この芝居が人々の記憶に残る名演となることをルアンは確信していた。

今や雨は土砂降りだった。真っ暗な空を稲光が走り、薄暗くなった店内を照らしたかと思うと、とどろく雷鳴が窓ガラスと置物を揺らした。

明かりをつけようとルアンがスイッチに手を伸ばしたとたん、目もくらむような閃光《せんこう》とともに鋭い雷鳴が炸裂《さくれつ》した。爆弾が落ちたような衝撃に、思わずルアンは悲鳴をあげて耳をふさいだ。大地が震え、やがて降りしきる雨の音しか聞こえなくなった。

ルアンはおそるおそる息を吸った。かなり近いところ――おそらく川のあたりに雷が落ちたに違いない。明かりのスイッチを入れたとき、手が震えているのに気づいた。窓の外に目をやると、レインコートをはおった人々が通りに出てきて、さっきの轟音《ごうおん》と閃光の方角を眺めている。ルアンはためらったが、やがて身震いをこらえて店のドアを開けた。

「どこかに雷が落ちたのかしら?」ルアンは書店の主人に尋ねた。

「たぶんね。ほら、消防車のサイレンが聞こえる」

空はまだ暗かったが、雨は小降りになっていた。響き渡るサイレンに、人々は心配そうに顔を見合わせた。

「ルアン、大変よ!」ケイが雨の中を駆け戻ってきた。「マスク劇場に雷が落ちたんじゃないかって」

「マスク劇場に?」ルアンは茫然《ぼうぜん》としてケイを見つめ返した。「まさか、嘘《うそ》でしょう? 劇場にはタークィンがいるのよ」

ケイは店の中からビニールのレインコートを取ってきて、ルアンの手に押しつけた。「行って自分の目で確かめてらっしゃい。雷が落ちたのは劇場の外側かもしれないし」

「どうか劇場ではありませんように」ルアンは震える手でレインコートを着ると、川の方へ駆けだした――雨で顔が濡《ぬ》れるのもかまわずに。だがそれは、気づかぬうちに頬に流れた涙だったかもしれない。

劇場前の緑地には野次馬があふれていた。ガラスドームが落ち、焦げ痕と大きなひびの入った建物には、消防士が群がっている。大破した屋根のガラス片や、石材のかけらがあたり一面に散乱していた。屋根の一部が大きな音をたててさらに崩れ落ち、耳をつく救急車のサイレンが近づいてきた。

「まるでロンドン大空襲のときみたいだな」そんな男性の声も聞こえた。

濡れた草と湿ったレインコートの匂い、それに火薬のような匂いが立ちこめていた。ルアンは一目でいいからタークィンの姿を見たい、彼の声を聞いて安心したいと、必死になって人混みをかき分けた。

ようやく人垣の先頭に出たとき、到着したばかりの救急車が視界に飛びこんできた。やはりけが人がいるのだと思うと、崩れた劇場を見た以上に恐ろしかった。今すぐにでも劇場の中へ駆けこみたかったが、現場整理の警官が制止しているので、なす術《すべ》もなくその場に立ちつくすしかなかった。

「僕、見たんだ」少年の声がした。「急に空が真っ暗になって、稲妻がぴかっと光ったとたん、狙ったみたいにドームに雷が落ちたんだ。本当だよ！　煙が上がったと思ったら、大きな音と一緒に屋根が崩れ落ちて、ガラスが吹きとんだんだ」

「すみません」ルアンは警官の腕を引いた。「友人が劇場にいるんです。中に入ることはできませんか？」

真っ青なルアンの顔を見やり、警官は残念そうに首を横に振った。「屋根がまだ崩れてくるので危険です。申し訳ありませんが、誰も入れません」

「けがを……けがをしたのは誰ですか？」

「わかりません」警官はがっしりした背中をルアンに向けてしまった。

そのとき劇場の中から、ストレッチャーが運ばれてきて、救急車に運びこまれた。負傷者にかけられた赤い毛布はぴくりとも動かず、妙に不吉に見えた。と、人影が三つ、ロビーから転げるように出てきた。一人はバックリーで、ヴァレンティノーヴァと一緒に救急車に乗りこんだ。もう一人はアンだった。

アンはあたりを見回し、野次馬の群れの中にルアンがいるのに気づくと、駆け寄ってきた。

アンは血の気のない顔でルアンの手をつかむと、警官に頼みこんだ。「彼女を連れていってもいいですか。けがをしたのは彼女のフィアンセなんです」

やっぱりそうだったのだ。雷が落ちたときから、いやな予感がしてたまらなかった。あれは虫の知らせだったのだろうか。地面がぐらぐら揺れているようで脚に力が入らなかった。どうしてタークィンなの？　ルアンは思わずにはいられなかった。虫も殺せないような優しい人なのに……なぜ、よりによって彼が傷つかなければならないの？

「アン……」それ以上は言葉にならなかった。

「あっという間の出来事だったの。クィンとヴァレンティノーヴァは客席の通路から、舞台のセットを確認していたわ。突然、まばゆい閃光が炸裂したかと思うと、ドームと屋根の一部が崩れて、客席に落ちてきたのよ」

アンは目に涙を浮かべ、大きく息を吸った。

「クィンはさすが名優だけあって、勘もよければ運動神経もよかったわ。稲妻が光った瞬間、彼はヴァレンティノーヴァの上に身を投げ出して、降ってくる真鍮《しんちゅう》のランプや石材から彼女を守ったの。クィンは……頭と背骨に大けがをしたわ。ヴァレンティノーヴァはガラスでけがをしたうえに、ひどいショックを受けているの」

二人は黙って車に乗りこむと、病院に向かった。ルアンはショックで何も考えられなかったが、フロントガラスをたたく雨や、規則的なワイパーの動き、それにハンドルを握りしめるアンの手の白さなどを、鮮明に意識していた。

タークィンが重傷を負った。ルアンに香水を贈るほど、幸福のさなかにあったのに。あと数時間で、夢だったハムレット王子を演じるところだったのに、〝天の奇妙な気まぐれ〟に打たれたのだ。

病院へ着くまでの間、ルアンは口を利かず、昨夜タークィンがキャンドルの明かりの中で見せた微笑みを思い出していた。茶目っ気たっぷりの、それでいて悲しみを秘めた笑みを見ると、わたしはいっそう彼が愛おしく思えた……。でも、彼との愛が終わったと思ってはだめだ。タークィンはよくなるに決まっている。笑って舞台に立てる日が、もう一度わたしにキスしてくれる日が絶対に来るはずだ。

「あまり思いつめてはだめよ」病院の駐車場でアンが優しく言った。「クィンは頑丈よ。いつだったか、高熱が出ているのに『じゃじゃ馬ならし』に出たこともあるくらいだもの。さあ、中に入りましょう。バックリーがきっと、クィンのけがの程度をお医者さんから聞いているはずよ」

タークィンの体にメスが入れられると思うと、あらためて恐怖が募り、ルアンは身震いした。自分の命を左右するドラマのまっただ中にいるというのに、タークィンは意識なく横たわっているだけなのだ。

バックリーの話では、ヴァレンティノーヴァは脳《のう》震盪《しんとう》を起こしているので、一晩入院するということだった。タークィンについては、ロンドンからヒュー・ストラザーンという指折りの脳外科医を呼び寄せ、できるだけ早く手術をしてくれるらしい。

ルアンが細い体をおののかせるのを見て、バックリーはルアンの肩をぎゅっとつかんだ。「僕たちが気をしっかり持たなければだめだ」

「ええ」ルアンはうなだれた。「病院の中庭に小さなチャペルがあるの。ちょっとそこに行ってきてもいいかしら？　今はまだ、誰もタークィンには面会できないんでしょう？」

バックリーはうなずいた。

「すぐに戻るわ」ルアンはチャペルに急いだ。五年前、母が入院していたとき、どうか母が天に召されませんようにと祈ったチャペルだ。

祭壇に白い花が飾られたチャペルには、静謐《せいひつ》な空気が漂っていた。十字架のキリストは優しい目で、愛する気持ちさえ強ければ何事にも耐えられると伝えている。ルアンはひざまずき、タークィンのために祈った。

午後九時に始まった手術が終わったのは真夜中だった。看護師の話では、タークィンの意識は明朝まで、ことによると明日いっぱい戻らないだろうとのことだった。ここにいてもただ待つしかないので、いったん帰るようにと言われた。

「ルアン、わたしたちとホテルにいらっしゃいよ。わたしの部屋に泊まればいいわ」アンが言った。

「ありがとう。でも家に戻るわ。きっと継父《ちち》が心配していると思うから」

ルアンは一人になりたかった。屋敷なら、心おきなくタークィンのことを考えられる。

ルアンは小雨の降る中を家に戻った。玄関の階段を上がったとき、タークィンと手に手を取って仮面舞踏会を抜け出したときのことが、鮮やかに脳裏によみがえった。夜のしじまに、あのときのタークィンの笑い声が聞こえたような気がした。

自室の明かりをつけると、タフィーがベッドの足下でまどろんでいた。ルアンがなでてやると、タフィーは顔を上げ、嬉《うれ》しそうにしっぽを振った。

「わたしを待っていてくれたの？」

タフィーはくんくん鼻を鳴らし、ルアンの手をなめた。ルアンは目頭が熱くなった。この家でわたしを気遣ってくれるのはタフィーだけだ。

ルアンはタフィーを膝にのせ、病院のベッドに横たわる包帯だらけのタークィンに思いをはせた。今日は、タークィンが『ハムレット』で大当たりを取るはずの日だったのに……。そう思うとやりきれなかった。

「おやすみなさい、ハムレット王子」ルアンはささやいた。「どうかあなたが闇から守られますように」

翌日ルアンは、数分だけタークィンに面会することができた。バックリーが病院スタッフに、ルアンはタークィンの婚約者だと言ってくれたからだ。

意識が少し戻ったということで、静かな病室の雰囲気は希望に満ちていた。ルアンを病室に案内してくれた若い看護師は、勇気づけるように微笑みながらも、なんとなく当惑しているようだった。看護師が何を考えているか、ルアンは容易に想像がついた。

こんなにハンサムな男性の婚約者は、びっくりするほどの美人だと思っていたに違いない。今のルアンは血の気のない顔が心配にゆがみ、昨夜はろくに眠れなかったせいで、目の下に隈《くま》ができている。

ルアンはベッドサイドの椅子に腰を下ろした。患者に手をふれてはいけないことはわかっていたが、やつれた頰にキスしたくてたまらなかった。

じっと目を閉じたタークィンの顔を見るのは初めてだった。男性を美しいと形容するのはおかしいかもしれないが、タークィンの貴族的な顔立ちには、彫刻家が形づくったような端整な力強さがあった。こんな男性が、本当にわたしを必要としてくれると信じてもよかったのだろうか？

包帯でぐるぐる巻きにされた頭を見ると、心配でいても立ってもいられず、首を絞められたかのように息が苦しかった。ヒュー・ストラザーンはイギリスでも指折りの脳外科医だとアンも言っていた。タークィンを救えるとしたらストラザーンしかいない、と。そのストラザーン医師はずいぶん前に、崖から転落した少年の手術をしなければいけないとのことで、コーンウォール沖の小島に行ってしまっていた。

そのとき、タークィンのまぶたが震えながら開いた。ルアンは心臓が喉から飛び出そうになった。タークィンはまっすぐにルアンを見つめ、赤褐色の髪から菫色の瞳へとゆっくりと目を動かした。しかし、ルアンが誰かわかった様子はまるでない。ルアンは必死で動揺をこらえた。看護師の話では、タークィンが自分や他人のことがわかるようになるまで、数日かかることもあるらしい。なんといっても、頭蓋骨折をこうむったのだから。陥没した骨は修復されても、重い脳震盪の状態にあるのは変わりない。

「目が覚めたの？」ルアンはそっと声をかけた。だがタークィンは虚《うつ》ろな瞳のまま、また眠りに落ちてしまった。

看護師がやってきて、タークィンの上にかがみこんだ。「手術を受けた患者さんは、眠ることで回復しているんですよ」

病院を出たルアンは、川沿いをぼんやりと歩いた。屋根に防水布をかぶせ、〝修復中のため、しばらく閉鎖します〟という看板のかかったマスク劇場を目にすると、悲しみがこみ上げてきた。

〈レモンの店〉でアンと待ち合わせていたが、その前にルアンはアンティークショップに立ち寄った。店主のレナード・ウェルズが接客中だったので、ケイと少し話ができた。

「あなたが辞めるなんて知らなかったわ。教えてくれてもよかったのに」ケイは傷ついた口調だった。

「言うつもりだったのよ」不意にルアンは、すべての予定がタークィンとローマへ行くことを前提に組まれていたことに気がついた。今となっては、彼が旅行できるだけの体力を取り戻すのに何週間もかかるだろうし、その間わたしは無職になってしまう。

「菫の籠はミスター・ウェルズが表に出してしまったの。夜の雨ですっかりしおれてしまったわ」

「いいのよ」そう言ったものの、ルアンは泣きたい気持ちだった。使い走りの少年が届けてくれたとき、どれほど菫が美しく、何もかもが輝いて見えたかを思い出したからだ。

「香水は取っておいたわ」小瓶を渡しながら、ケイはちらりと店主に目をやった。「ごめんなさい。あまりおしゃべりはしていられないわ。ミスター・パワーズの具合が早くよくなるといいわね」

「ありがとう」

「ミス・ペリー！」レナード・ウェルズがカウンターの向こうから出てきて、ルアンに茶封筒を差し出した。「君が辞めてしまうのは実に残念だ」

「お世話になりました」ルアンは給料の小切手が入っている封筒を受け取った。

二人はしばしためらった。ウェルズはルアンを引き留めたい様子で、ルアンのほうも、店主が引き留めてくれるのではないかと半ば期待した。

だがウェルズは残念そうに言った。「次のアルバイトの娘を雇ったんだ。アンティークに興味があると言っていた」

「そうですか。しばらくの間でしたが、ありがとうございました」ルアンは笑みとともに店をあとにした。

まるで人生という書物の中で、ひとつの章が終わったような気分だった。古い自分はアンティークの品々の中に残し、少し経験を積んだ新しい自分が店の外に足を踏み出した――そんな感じだった。

〈レモンの店〉では、アンが隅のテーブルで待っていた。二人は互いの不安を察し、入院中のタークィン以外のことを話した。

「バックリーは、十月からシャフツベリーで上演される劇のデザインをしているの。わたしとタークィンが以前アテネで上演したギリシア劇の現代版よ。アテネの野外劇場はすばらしかったわ。古い大きなアーチに囲まれて、石造りの客席がすり鉢状に並んでいるの。音響もすばらしくて、舞台のタークィンの声が、最後列にまで朗々と響いたものよ。〝行って王に告げるがよい。月桂樹《げっけいじゅ》は切り倒された。堅固な建物も地に倒れた〟って」アンは悲しげな笑みを浮かべた。「今こうやって聞くと、何だか予言めいた台詞《せりふ》ね」

「ギリシアはすてきなところでしょうね」ルアンは皿のパンをもてあそんだ。不意にルアンは、ギリシアにせよローマにせよ、タークィンが華々しく活躍する地を、自分が実際に訪れることはないような不安に襲われた。それらは夢の中にしか存在しない場所で、タークィンの愛も夢か幻のような気がした。もしタークィンが、わたしのことを忘れてしまったら？　アヴェンドンで知り合った田舎娘を、二度と思い出してくれなかったら？

「劇場と古い寺院を除けば、アテネはやかましいばかりの町だったわ。ロンドンに戻ってきたときは、けたたましいクラクションから解放されて、こっちのほうがまだましだと思ったものよ。いくら俳優がスポットライトを浴びるのが好きといっても、ときには息抜きが欲しいじゃない？」

「息抜きにも飽きたらどうするの？」ルアンは笑顔だったが、唇の端がわずかに震えていた。アンは図らずも、タークィンがルアンに何を求めていたかを明かしてしまったのだ。

「スポットライトの当たる場所に駆け戻るわ」アンはにっこり笑い、真顔に戻ってルアンを見つめた。「ルアン、大丈夫よ。クィンはきっとよくなるわ。彼には体力もあればガッツもあるもの。そんなに思い悩んでいては体に毒よ」アンはルアンの手を軽くたたき、青いスカラベの指輪をなでた。「クィンからの贈り物?」

「ええ。友情の証《あかし》にって」

「友情ですって?」アンは冷やかした。「それは謙遜しすぎと言うものよ。わたしの考えでは、愛は自ら楽しむものであって、愛してもらえるのをありがたく思うものではないわ。どうもあなたは、クィンと自分の間にある感情を怖がっているように見えるけれど。クィンだって生身の人間なのよ。アポロのような美男子でも、ゼウスが放った雷の矢をよけることはできなかったじゃないの」

「タークィンを担当する看護師さんに、不思議そうな顔をされたわ。きっとわたしが絶世の美人ではないことに驚いたのね」

「クィンが求めているのは外面ではなく内面の美しさよ。美しいのに心を病んでしまったニナのことがあるから、なおさらね。ニナの家族は、二人の結婚を許すべきじゃなかったのよ。病気の兆候が出ていて、よくなることはないと知っていたはずだもの」

「結婚すればよくなると思っていたのでは?」

「野心のある若い俳優と結婚して? ひとたび舞台に上がれば、夫は他のことなど何も目に入らなくなってしまうのよ。ニナに会ったとたん、クィンがすっかり夢中になってしまって、自分にふさわしい女性かどうかも判断できなくなってしまったのは、不運としか言いようがないわ。あなたに会ったおかげで、どれほどクィンが救われたか」

「でもわたしが愛することで、かえって彼を困った立場に立たせてしまったのではないかしら? タークィンとニナの関係を変えることはできないのよ」

「考えすぎよ。クィンには、あなたのような人が必要なの」

「そうかしら……」ルアンは受け取るときにあれほど逡巡《しゅんじゅん》したスカラベの指輪にふれた。「さっき病院に行ったら、タークィンにはわたしがわからなかったの。知らない人間を見るような目で見られたわ」

「しばらくは誰が会いに行っても、クィンには誰もわからないと思うわ。それは覚悟しておかなければ。それはそうと、ひとつ教えてちょうだい」アンは、ルアンの華奢《きゃしゃ》な顔立ちをまじまじと見つめた。「あなたはいったい何歳なの？　詮索するつもりはないんだけれど、バックリーはあなたのことを十七歳くらいだと思っているらしいの」

ルアンは笑いだした。「とんでもない！　九月で二十歳になるわ。わたし、そんなに子どもっぽく見えるかしら？」

「あなたはとても無垢《むく》で、初々しく見えるから」

ちょうどそのとき、劇団のメンバーが店に入ってきてアンを見つけ、タークィンの様子を尋ねてから、壊れた劇場や今後の予定についてにぎやかに話を始めた。

ルアンはしばらく耳を傾けていたが、やがて自分だけが部外者のような気分になり、そっとその場を辞した。彼女がいなくなったことに、誰も――アンでさえ気づかなかった。

その夜、ルアンは病院に電話してみた。〝ミスター・パワーズは快方に向かっています〟答える声は事務的で、ルアンにはあまり慰めにはならなかった。

「ありがとうございます」電話を切って振り返ると、階段からチャームがこちらを見つめていた。これから出かけるところなのか、ハイヒールにクリーム色のスーツでドレスアップしている。

「おかしな噂《うわさ》を聞いたんだけれど」チャームはさりげなく切り出した。「あなたの愛しいタークィン・パワーズは結婚しているそうね。あなたは知っていたの？　それとも知らされていなかったの？」

「もちろん知っていたわ」ルアンはため息をついた。

明日になれば、このニュースはアヴェンドンじゅうに広まっているだろう。これから自分に〝不義の女〟というレッテルがついて回ると思うと身がすくみそうだった。

「この母にしてこの子あり、だったわね」チャームは言った。「この間、わたしが言ったことを覚えているでしょうね？　お父様もわたしも、わが家にスキャンダルを起こされるのはまっぴらですからね」

「ご心配なく」ルアンは小さい体をせいいっぱい伸ばした。「この家から今すぐ出ていくわ。お継父《とう》さんには、よくしてくださってありがとうと伝えてちょうだい」

チャームは片方の眉を上げ、冷ややかに言った。

「お好きなように。あなただって、もう子どもじゃないんだから。でも、ばかなことをしたものね。お父様とわたしが、あなたにもっとふさわしい相手を用意していたことに気づかなかったの？」

ルアンの心臓が痛いほど鼓動を打ちはじめた。

「いったい誰のことを言っているの？」

「あら、あなたも彼に会っているのよ。長い間、外国にいたせいで女性と出会うチャンスがなかったけれど、ようやく自分の屋敷に戻ってきたので、ともに暮らす相手を探している、あの男性のことよ」

「まさか、エデュアード・タルガース？　わたしはてっきり――」

「てっきりなんだと思ったの？　わたしがサイモンとの結婚をあきらめて、コーンウォールの古い屋敷に住むことにするとでも？　まっぴらごめんよ！　あんなにあからさまに毛嫌いしなければ、あなただってプロポーズしてもらえたかもしれないのに」

「わたし……あの人の傲慢なところが嫌いよ」あんな海賊のような男性に求婚されると思っただけで、ルアンはショックで身が震えた。継父たちが何を考えているか知っていたら、何週間も前に家を出ていたのに。

たのに。彼らはまるで船の積み荷のように、わたしをあの男性に売り渡そうとしていたのだ！「彼がアヴェンドンからいなくなって、せいせいしたわ」ルアンは叫んだ。

「彼のほうは、まんざらあなたが嫌いではなかったようだけれど」チャームはちらりとルアンに目をやった。「合点がいかないのは、あなたのどこが魅力的なのかってことよ。年上の男性には、はかなげな雰囲気が受けるのかしら？　わたしの男友だちは誰一人、あなたを魅力的だとは思っていないのに。きっとあの俳優も、同じ魔力にやられたのね。彼は離婚しているの？」

「いいえ。奥さんは病気なの」

「ああ、なるほど。そういうことね」

「勝手な憶測はやめて。タークインとわたしは、そんなやましい関係じゃないわ」

「それで、これからどうするつもり？　言わせてもらえば、既婚者の愛人になるより、結婚することを考えたほうがいいと思うわ」

「タルガースのような、愛をお金で買うような男性と？」

「恋愛の輝きは、思いのほか早くめっきが剥げるものよ。あなたがそんな夢ばかり見ていなければ、わたしたちは姉妹としてもっと仲良くできたかもしれないのに。やっぱりあなたは、不思議の国に迷いこんだアリスだったわ。わけのわからないパーティに紛れこんでしまって、最後には逃げ出すのよ！」

玄関のドアが音をたてて閉まった。チャームは行ってしまったが、その言葉は香水の残り香とともに、いつまでも玄関ホールに響いているようだった。

〝最後には逃げ出す……〟と。

5

ひとつだけ明かりのともった待合室はひどく静かだった。今日一日タークィンの容態は思わしくなく、ルアンは彼が持ち直したという知らせを何時間も待っていた。つらかったが、待つ以外になす術《すべ》はなかったのだ。

「ミス・ペリー」

そう呼ばれてルアンは立ち上がり、不安たっぷりの目で脳外科医のヒュー・ストラザーンを見つめた。

「君はいつもここで待っているね。ちょっと一緒に来てくれないか。君の声があの男性の心に届くかどうか試してみよう。科学は万能のようで、それでいて女性の役割だけは果たすことができないんだ。わたしの言うことがわかるかね?」

「ええ」ルアンにわかるのは、ようやく自分の出番が来たということだけだった。

一晩じゅうルアンはタークィンのベッドサイドで語りつづけた。子ども時代のこと、学校のこと。楽しかったこと、悲しかったこと。タークィンの出た舞台のこと。タークィンはじっと横たわり、柔らかな女性の声にひたすら耳を傾けていた。やがて彼はひとつの名前を口にした。ニナの名前を。

朝の光が差すころ、ストラザーンは患者の様子を見て満足げにうなずき、ルアンを連れて病室を出た。

「わたしと一緒にコーヒーを一杯どうかね? それから家に帰るといい」

「先生、するとタークィンは……」ルアンは期待に満ちた目でストラザーンを見上げた。

医師はうなずいた。「彼はもう大丈夫だ。男は、自分を思ってくれる女性がいると、生きる気力を取り戻すものなんだ。昨日はかなり危ない状況だったので、そんな女性がそばにいると彼に知らせてやらなければいけなかった」

「わたしのことですか?」タークィンが口にした名前がニナだったことを思い出し、ルアンはいぶかしげに尋ねた。

ストラザーンは赤毛の頭を横に振った。「いや、妻のニナだ。おそらく彼は、病気の妻にやましい気持ちを覚えていたのだろう。昨夜《ゆうべ》パワーズは、妻がかたわらにいると信じたからこそ、生者の世界に戻ってきた。わかるかね?」

「よくわかりません。もう少しわかりやすく説明してもらえますか?」

「よかろう。パワーズは妻を愛していた。おそらく今でも愛しているのだろうと思う。だが、ときに妻がいなければと思うこともあったに違いない。それが彼の罪悪感の源となり、生きようとする意思の妨げとなっていた。だからこそ昨夜は、ニナが彼のそばにいて彼の回復を待っていると思わせる必要があった。そして彼は君をニナだと思いこんだ。つまり君には気の毒だが、彼の意識が完全に戻ったとき、君のことを忘れてしまっている可能性が高い」

ルアンの心臓が激しく鼓動を打ちはじめた。疲れきっているのに、神経が極限まで張りつめている。

「ニナへの罪悪感のせいで、タークィンはわたしを忘れてしまったとおっしゃるんですか?」

「その覚悟はしておいたほうがいいと思う」

「昨夜のわたしはニナの身代わりだった。つまり……」それ以上は言葉にならなかった。

「そう、パワーズは君を愛したことが思い出せないだろう。君の存在は、彼の罪悪感の一部なのだから。もし彼が君のことを思い出さなければ、そばにいる君はつらいだけだ」

「わたし、どうすればいいのかしら?」ルアンは暗《あん》澹《たん》とした気持ちでつぶやいた。「彼とローマに行く予定だったのに」

「もしローマに行っていたら、本当に幸せになっていたかね？」ストラザーンはずばりと尋ねた。

ルアンは口ごもった。医師の率直な言葉が、つらい真実を圧倒するように感じられたのだ。「わたしはタークィンを愛しています。彼が望めばローマに行きたいと思います。でも先生は、それが間違っているとお考えなんですね？」

「ニナの存在が、いずれ君たち二人の関係をおかしくすることは目に見えている。ニナが回復する見こみがあるからではない。むしろ彼女に回復の見こみがないからこそ、パワーズの罪悪感が君には耐えがたいものになるだろう」

ルアンは言葉を失った。

「君はまだ若い。これからどうしたらいいか、わたしが何か考えてあげよう」

「先生がですか？」

「そうだよ。今でこそ皮肉屋の中年男だが、わたしだって熱烈に人を愛した経験があるんだ。残念ながら妻のシェイラは娘を産んだときに亡くなったが」

「お気の毒に」

「娘のイスールトは今、フランスの寄宿学校に行っていてね。あと二週間もすれば、夏休みでこちらに戻ってくる。娘は少しばかり体が弱いので、海のそばで休暇を過ごさせてやりたいと思っているんだ。そうだ、今ちょっと思いついたんだが……」

「なんです？」

「実は夏の間、イスールトに付き添ってもらう人物が必要なんだ。ひょっとして君が、その役目を引き受けてくれたらと思ったんだ」

「なんだか、わたしに夏の予定がないことを確信していらっしゃるような口ぶりですね」

ストラザーンは肩をすくめた。「パワーズが君を思い出しそうな兆候はあるかね？」

「いいえ」ルアンはささやき声しか出せなかった。

「かわいそうだが、結局のところ、彼と距離を置くのが一番の解決法だと思う」

「どれほどつらくてもですか？」

「傷が癒えるときは、痛みを伴うものだ。君はまだ若いし、気骨もある。昨夜は涙に暮れるほうが楽だっただろうに、一晩じゅう彼に話しかけてくれた」洞察力に満ちたブルーグリーンの瞳が、ルアンを見つめた。「もしパワーズが君を思い出さなかったら、夏の間だけ娘の付き添いになることを、考えてみてはくれないか？」

ルアンはストラザーンに別れを告げ、早朝の光の中、一週間前から滞在しているカントリーホテルに戻った。継父のスティーヴンからは屋敷に戻るよう懇願されたが、ルアンは頑として戻ることを拒否していた。あの家には、もうわたしの居場所はない。わたしは一人で生きる道を選んだのだ。

ルアンは十二年間、暮らしてきた町を見渡した。アヴェンドンを去るのはつらいだろう。でもタークインがわたしのことを忘れてしまったのなら、ここにとどまることはできない。いずれロンドンで働くか、ストラザーンの娘の付き添いになるか、決めなければいけないだろう。

ルアンは顔を上げて胸を張った。たとえわたしのことを忘れてしまったとしても、タークィンはまだ生きている。もし彼が死んでいたら、もっとつらい思いをしたに違いない。それを思えば、二人で過ごした大切な思い出があるだけでも感謝するべきだ。

ルアンは毎日のように病院を訪れたが、ストラザーンのアドバイスに従い、タークィンを直接見舞うことはせず、彼が自発的に思い出してくれるまで待合室で控えていた。

だが、タークィンはいっこうにルアンのことを思い出さなかった。マスク劇場のことも、劇団員のことも、そして雷が落ちる直前までの出来事も、すべて鮮明に覚えていたのに、ルアンのことだけは記憶から抜け落ちたままだったのだ。アンがさりげなくルアンの名前を口にしたときも、劇団員の一人だと思ったようだった。

そんな折、ヒュー・ストラザーンが、〈粉挽《ひ》き水車亭〉で食事を一緒にどうかと誘ってくれた。ルアンはきちんと身支度を調え、口紅を塗った唇に果敢な笑みを浮かべた。自分がどれほどつらい思いをしているか、誰にも知られたくない。

白衣を着ているところしか見たことがなかったストラザーンは、今日は緑のツイードジャケット姿で、赤毛もきちんとなでつけてあった。「美しいお嬢さんと食事をするなんて、十五歳は若返った気分だ」

「わざわざロンドンから会いに来てくださって、ありがとうございました」

ストラザーンはルアンを見つめた。「あれから君は一度も泣いていないんだろう？　泣くことで気持ちの整理がつくこともあるのに」

「わたしは、めそめそするタイプではありませんから」ルアンは努めて笑みを浮かべた。「それにタークィンと出会ったことや、彼を愛したことは少しも後悔していません」

「彼の気持ちが浮ついたものだったと思ってはいけないよ。むしろ思いが真剣なほど、心の負担となって記憶から押しやられてしまうこともある」

「いずれ時が来れば、彼がわたしのことを思い出す可能性があるんですか？」大きな瞳を期待に輝かせてルアンは尋ねた。

「そういう日が来るかもしれない。ただ、当面のところ、その可能性は低いと思う。ところで、わたしの娘のお目付役をしてもらいたいという申し出は、考えてもらえたかな？」

「わたし、ロンドンで働こうと考えていました」

「いいかい、ルアン、わたしは何も君に同情して仕事を申し出ているわけじゃない。本当に、娘のための付き添いが必要なんだ。君が引き受けてくれなければ、真面目なだけが取り柄の、娘にとっては面白くない女性を雇うことになるだろう。六週間、海辺で有給休暇を過ごすと考えてはくれないかね」

「とても熱心に説得してくださるのね、ミスター・ストラザーン」ルアンは微笑《ほほえ》んだ。

「ロンドンはにぎやかな都会だが、慣れない者はかえって強い孤独を感じるだろう。田舎でしばらく過ごせば、この二週間の心労も少しは癒え、新しい生活を迎える心がまえができるのではないかな」

「イスールトはわたしが気に入るかしら？」

「イスールトはわたしの娘なんだぞ。親のわたしが君のことを気に入っているんだ。大丈夫さ。ああ、やっと料理が来た。今日は珍しい症例を扱ったので、お腹《なか》がぺこぺこでね。でも仕事の話はなしにしておこう。君はうちの看護師ではないんだから。ところで看護師になろうと思ったことはないかね？」

「わたしは想像力が豊かすぎるので、壊れても痛みを感じないアンティークを扱うほうが向いていると思います」

「そう、君は感受性が豊かで傷つきやすい。だから強い男性に守ってもらう必要がある」ストラザーンはまっすぐにルアンの瞳を見つめた。「パワーズのような芸術家肌の男ではなく、もっと地に足のついた実際的な男性がいい」

ルアンは首を横に振った。「二度と恋をしたいとは思いません。天にも昇る心地を味わえる代わりに、恋が終わってしまったら、前以上に孤独を感じることになります。このメロン、おいしいですね」

「それに、実に甘い」

「そうでしょうとも」ストラザーンがメロンにかけ

た砂糖を見て、ルアンは微笑んだ。

「君はもっと笑ったほうがいい。そのえくぼがかわいいよ」

「片えくぼなんです」このえくぼをチャーミングだと言われたこと、そして、このえくぼに口づけされたことを、できることなら忘れたかった。

「ところでお嬢さんの避暑先はどこなんですか?」

「とても美しくて伝説の多い地だ」ストラザーンの目が輝いた。「わたしは二年前、そこに古いコテージを買ったんだ。昔ながらの石垣や藁葺《わらぶ》き屋根はそのまま残して、内装だけ新しくしてある。折にふれそこを訪れては、船で釣りをしたり、数キロ離れたところに住む友人を訪ねたりして、居心地よく過ごしている。あの荒涼とした土地に〝居心地よく〟という言葉はそぐわないかもしれないがね」

ルアンはまじまじとストラザーンの顔を見つめ、崖から転落して手術を受けた少年の話を思い出した。

「ひょっとして、コーンウォールですか?」

「そうだよ。コーンウォールのような場所は、二つとない。アーサー王と騎士たちの地。漁師たちがいまだに人魚の存在を信じ、今でも日が暮れるとヒースの中で妖精が踊ると言われる地。そんなコーンウォールのことがイスールトは大好きでね。昨年はわたしの従妹《いとこ》がコテージに泊まってくれたんだが、結婚してしまったので、わたしも困り果てているというわけだ」ストラザーンはちらりとルアンを見やった。「君もコーンウォールを気に入ると思うよ。想像力の豊かな人間には最高の土地だし、海水浴をするにもうってつけだ。美しい砂浜、そびえ立つ断崖、古城の遺跡。どうだい、行きたくなっただろう?」

ルアンは笑みで応えたが、内心は混乱していた。一口にコーンウォールと言っても広いだろうけれど、それでもエデュアードとひょっこり顔を合わせたりしたら、どうしよう?

「まだわかりません」ルアンは素直に言った。「今でもタークィンがわたしのことを思い出してくれればいいのにと思っています。彼の記憶が戻ったときに、わたしがそばにいなかったら……」

「それなら、こうしよう。明日、彼に会いたまえ。もしそれで彼が君を思い出すようなら、コーンウォールのことは忘れてもらってかまわない。でも、そうでなかったら、僕の申し出を受けてほしい」

「これが最後のチャンスだとおっしゃるんですね」

「そうだ」

ルアンが塩入れをもてあそぶと、右手の指輪が店内のほの暗い照明を受けて光った。ストラザーンは指輪にそっと手をふれた。「変わった指輪だね」

「スカラベというんです。守護と幸運のシンボルだからと、タークィンがわたしにくれた指輪です」

「とてもつらいだろうね」有能だがぶっきらぼうな医師としてしかストラザーンを知らない同僚が聞いたら、びっくりするような優しい口調だった。

「ええ」ルアンは、ストラザーンの無骨な外見に隠された優しさを、本能的に感じた。アンにさえ言えなかった悲しみ――幸せを根こそぎ奪われた絶望を、ストラザーンになら打ち明けることができる気がした。「彼はわたしが必要だと言ってくれました。それなのに、わたしのことだけ忘れてしまうなんて」

「前にも言ったとおり、今のパワーズは、アメリカにいる病妻への罪悪感で心が引き裂かれている。彼にとって、君を忘れてしまうほうが気持ちが楽なんだ。とても心の優しい人間なんだろう。さもなければ、なんの良心の呵責《かしゃく》も覚えずに君をわがものとしていたことだろうからね。ニナはもう僕を愛することができないんだ、とかなんとか言って」

ルアンの目に涙が浮かんだ。川遊びをした日々を忘れることはとうていできない。あのとき交わした言葉やまなざしのひとつひとつは、互いに愛が深まる喜びに満ちていた。タークィンの優しさも激しさも、ルアンの心の中で生きていた。

「もし彼が君を思い出さなかったら、それはつらいだろう。だがその痛みには治療法がある」

「コーンウォールですか？」

「そうだ。離れている間こそ、君にとって忘れるチャンスだ。そして彼にとっては思い出すチャンスになる」ストラザーンはワインを一口飲んだ。「出発はいつかと訊《き》きたそうだね？　娘は一週間後の日曜日に、ブルターニュから船でコーンウォールにやってくる。少し前にひどい風邪を引いたので、他の生徒より一足早く夏休みにしてもらったんだ」

　それから二人はしばらく雑談を楽しみ、ストラザーンがルアンを宿に送ったのは十時ごろだった。

「気をつけて運転してくださいね、ミスター・ストラザーン」

「よければヒューと呼んでもらえないか」

「イスールトは、お母さんのことを知らないんですね？」

「そうだ。シェイラがあんなに早く逝ってしまったのが残念で仕方がないよ。娘とはできるだけ多くの時間を過ごせるようにしているが、仕事が仕事だけに、なかなか思うようにいかなくてね。それで、さっきの話だが、君の返事は？」

「わかりました」ルアンは覚悟を決めた。「タークィンがわたしを思い出さなければ、イスールトの付き添いになります」

「いい子だ」ぎゅっとルアンの手を握ってから、ヒューは車に乗りこんだ。「では、また会おう《オールヴォワール》」

「おやすみなさい」

　宿の前にたたずむルアンを残し、ヒューは去っていった。〝また会おう《オールヴォワール》〟という言葉が頭の中でぐるぐる回っていた。タークィンとまた出会うことは、そしてまた愛し合うことはできるのだろうか？

ルアンは昂然《こうぜん》と顔を上げ、朝早くにアヴェンドンを発《た》つバスに乗った。

「休暇旅行かい?」ルアンのスーツケースを見て、車掌が声をかけてきた。

「ええ。コーンウォールへ」

「それは羨ましい! 外国へ行くよりいいらしいじゃないか」

ルアンはいったんロンドンでヒュー・ストラザーンと落ち合うことになっていた。ロンドンを少し観光し、海辺で過ごす衣類を買い整えたあと、金曜日にコテージのあるペンカーンに赴き、イスールトを迎える準備をする予定だった。

駅でルアンを待ち受けたヒューは、慰めの言葉に無駄な時間を費やすことはしなかった。このような状況では、どんな言葉も無力だ。先だってルアンは、手はずどおりタークィンを見舞ったが、じかに顔を合わせても、抜け落ちたタークィンの記憶がよみがえることはなかったのだ。

ヒューはまずルアンを、三日間の予定で予約した小さなホテルに連れていった。それから満面に笑みを浮かべ、一目でロンドンを見渡せるところへ連れていってあげようと言った。すなわち、フィッツロイ・スクエアを睥睨《へいげい》するタワーでのランチだ。高速エレベーターでスカイラウンジに着くと、ヒューはさっそく娘から届いた手紙をルアンに見せた。イスールトは、父が若くてすてきな付き添いを見つけてくれたことを喜んでおり、ロマンティックなコーンウォールのあちこちをルアンに案内するのをとても楽しみにしているようだ。アーサー王の生まれたティンタジェル城に、聖剣エクスカリバーの眠るドズマリー・プール。それに、忘れてはいけないのがセント・アヴレルの城《シャトー》だ。

ルアンはちらりとヒューを見た。セント・アヴレルの名を聞き逃すわけにはいかなかった。「コテージはセント・アヴレルの近くなのかしら？」

「セント・アヴレルはペンカーンから八キロほどのところにある」ルアンの不安げな表情に気づいたのか、ヒューは探るような目をルアンに向けた。「白い波が断崖絶壁に砕ける場所で、間違って観光客など来ない、荒涼とした美しさのある土地だよ。君も村の名前を聞いたことがあるようだね。そういえば、自分の髪で首を絞められた美しい娘の遺体が、洞窟で見つかるという事件があったっけ」

ルアンは息をのんだ。エデュアードの住む土地は、実にドラマティックな場所のようだ。

「休暇が楽しみになってきたかい？」ヒューは羨ましそうな声を出した。

「ええ」ルアンは回転するスカイラウンジの窓からロンドンを見下ろした。ヒューが有名な場所を指さして教えてくれたので、ルアンは必死で耳を傾けた。


これからの休暇に気持ちを集中しなければ。わたしがさよならと言ったときの、タークィンが見せた他人行儀な微笑みを忘れなければ。ひとつだけ救いがあるとすれば、重傷だった彼の体に後遺症が残らないことだった。タークィンはまた、あの長い脚で自由に舞台を歩き回ることができる。

ランチのあと、ヒューはルアンを連れてスカイラウンジのバルコニーに出た。強く吹きつける風に髪が乱れ、彼女は思わず〝帆船の甲板にいるみたい〟と叫んだ。ヒューの手が優しくルアンの腰を支えた。

「君は実に想像力が豊かだ。イスールトはきっと君が気に入るよ。君たち二人は同じタイプだ。ロマンティストで理想家で、実際的な人なら歯牙にもかけないようなことに夢中になる。君や娘のような情緒豊かな者は、誰かに守ってもらう必要がある」

「そうでしょうか」ルアンは微笑んだ。「母が亡くなって以来、わたしは自分のことは自分でやってきました。継父《ちち》が本心からわたしを気にかけてくれたことはありませんでしたし、継姉《あね》もわたしとはそりが合いませんでした。わたしは自立するほかなかったんです」

「でも、だから君はずっと孤独だった。ひょっとしたら恋に落ちたのも――」

「いいえ。タークィンを愛したのは、寂しかったからではありません。わたしたち二人はまるで魔法にかかったように惹《ひ》かれ合ったんです。彼のことは一生忘れないでしょう」

「いつまでも彼にこだわっていると、君はずっと孤独なままだよ」

「孤独を埋め合わせるものは、愛しかないのでしょうか？」ルアンはヒューの目を見た。

「たしかに僕には仕事がある。でも……」ヒューは肩をすくめた。「一日の終わりに、誰もいない家に帰り、ハウスキーパーが作ってくれた食事を一人きりで食べる生活のどこに潤いがあるというんだ？いいかい、ルアン。愛情に満ちたパートナーの代わりになるものなど、めったにないんだ」

「すると、わたしたちは二人とも、愛する者を失った似た者同士というわけですね」ルアンは無邪気に言った。「ここに連れてきてくださってありがとう。本当にロンドンじゅうが見渡せるわ」

「君が金曜日に発つまでに、案内したい場所がいくつかある。ロンドンはよく知っているのかい？」

「それほど詳しくはありません。母が結婚する前はウォーリックシャーに住んでいました。ある日、母がメイドとして仕えていた女主人のところに、土地を売ってくれないかと継父がやって来て、母に一目惚《ぼ》れしたんです。病気がちだった母は自分のためというより、わたしのために結婚したのだと思います。自分が亡くなってしまったら幼いわたしは孤児院に行くしかないことが不安で、安定した生活を選んだのでしょう。でも本当のところ、サンシール家にわたしの居場所はありませんでした。タークィンに出会って初めて、わたしは幸せを知りました……」

ルアンはヒューを振り返った。

「わたし、悲しんではいません。あなたが治療してくださったおかげで、タークィンが元気になれることを嬉《うれ》しく思っています。彼はまだこれから世界に感動を与えられる人です。それに、タークィンと過ごす時間が夢のようにすばらしかったせいで、わたしはあまり長い間、夢見ることは許されない気がしていました」

ヒューはひどく心を動かされたのか、しばらく無言だった。それからぶっきらぼうに言った。「娘の付き添いに君を選んでよかったよ」

下りのエレベーターを待つ間、若いカップルが手をつないでいるのを見て、ルアンは思わず目をそらした。茶目っ気のある瞳で見つめてくれた男性――優しく手をつないでくれた男性を思い出さずにはいられなかったからだ。

二人が交わした言葉のひとつひとつを、そこにこめられた愛を、わたしはけっして忘れないわ。たとえタークィンが、〝かわいい妖精〟と呼んだわたしのことを二度と思い出さないとしても。

続く二日間、ヒューが時間を取れる限り、二人はロンドンのあちこちを見て回った。青い空にそそり立つビッグベン。黄金色に輝くゴシック様式の国会議事堂。真っ赤な二階建てバス。

二人はタワーブリッジから、滑らかに流れるテムズ川を見下ろした。かつてここを王家のはしけが何艘《そう》も行き来したのだろう。今は川岸に倉庫が並び、ちょうどレディ・アーリン号という貨物船が積み荷を降ろす作業の真っ最中だった。

「遠いところへ船出したいと思ったことはあります

か？」ルアンが尋ねた。「香辛料の採れる島を訪れたり、七重の塔のある寺院に詣でたりしたいと」

「そう言う君は？」

「あら、わたしは空想家ですもの。実際に目にするより頭の中で夢想するほうが、ずっとエキゾティックですてきだと思います。ところであの船は、どこから何を運んできたのかしら？」

「たぶん酒とか砂糖とか、ごく普通のものだろう」

「シルクや香水、密輸した真珠とかではなくて？」

ストラザーンは苦笑した。「君は海賊に興味があるのかい？」

「ええ。わたしはイスールトと同じくらい、世間知らずでロマンティックなのかしら？」

「たしかに君はまだ若い。だが……」ヒューは手すりをつかんだ彼女の手に、自分の手を重ねた。「ルアンという名は君に似合っている。君は人を魅了するが、その名のとおり、流れる水のようにつかみどころがない。さて、昼食はどこで食べようか？」

「あなたが決めてください」ルアンは握られた手をそっと引き抜き、髪をなでつけた。ヒューと恋愛の真似《まね》事をするわけにはいかない。孤独なヒューは、友情以上の感情をわたしに抱こうとしている。わたしが失恋の寂しさからヒューに甘えたりすれば、彼を傷つけてしまう。そんなことはしたくない。

食事の間、ルアンは当たり障りのない話題ばかり選んで話した。明日になればわたしはコーンウォールに行き、ヒューは多忙な脳外科医の仕事に戻る。いずれヒューは、ほんのいっとき憎からず思った若い娘のことなど忘れてしまうだろう。

二人はホテルのロビーで別れを告げた。

「コテージの鍵は、管理をまかせたミセス・ロヴィボンドに預けてある。彼女は、漁師をしている息子のジェムと、コテージから丘を下りてすぐの家に住んでいる。ペンカーンの銀行の支配人にも連絡しておいた。君たち二人が暮らすのに十分なお金を引き出せるはずだ。ブルターニュから船でイスールトを連れてきてくれる先生は修道女だから、見ればすぐにわかると思う」

「きっとイスールトは、あなたと同じ赤毛なんでしょう？」ルアンは微笑んだ。

ヒューも微笑み返した。「そうだよ。娘がたっぷり日光を浴び、海の空気を吸って、おいしいコーニッシュクリームをしっかり食べるよう見張っておいてほしい」

「下級生を指導する上級生みたいに目を光らせておきます」ルアンは請け合った。「わたし、ボートを漕《こ》げますから、もしお許しいただければ――」

「それはだめだ！」ヒューは鋭くさえぎった。「君たち二人だけでは絶対に海に出ないように。あのあたりの海流は荒いうえに気まぐれで、若い娘が太刀打ちできるものではない。ボートに乗りたければ、必ずジェム・ロヴィボンドと一緒に乗るんだ」

「わかりました」ルアンは安心させるようにヒューの腕に手を添えた。「荒野に行くときはどうしましょう？　湿地が多いと聞きましたが」

「ペンカーンのあたりには湿地は少ない。むしろセント・アヴレル近辺のほうが、霧の日に湿地へ足を踏みこまないように気をつけたほうがいい」

「セント・アヴレルには行かないかもしれません。イスールトがぜひにと言えば別ですけれど」エデュアードと出くわしたくなかったルアンは、むきになって言った。それにしても奇妙だ。なぜエデュアードは、いつかわたしが彼の住まう地――ヒースが丈高く茂る荒野に行くという予言めいた言葉を吐いたのだろう？

「君に会えなくなるのは寂しいな。手紙を書いてくれるかい？」ヒューは悲しげな笑顔を見せた。

「もちろんです。あなたもイスールトの様子を知りたいでしょうし」

「君のことも書いてほしい」ヒューの目は真剣だった。「僕が君を憎からず思っているのは、気づいてくれているんだろう？」

「ありがとうございます」

「そんな堅苦しい言い方で、仲のいいおじさん扱いをするのはやめてくれ。僕は君にキスできないほどの年寄りじゃない」

「あなたとの友情を失いたくないんです」ルアンは真面目な顔で言った。

「キスをしたら、僕たちの友情が損なわれるとでも？」

「ええ。わたしたちは二人とも、ゲーム感覚で恋愛ができる人間ではありません。それにタークィンとの恋は、ファンの娘が俳優に熱を上げたような単純なものではありませんでした。わたしはこれからコーンウォールで、彼への思いの深さを確かめなければいけないんです」

ヒューはルアンの大きな瞳をのぞきこんでうなずいた。「たしかに君には、自分の気持ちを見つめ直す時間が必要だな」

ルアンはホテルの部屋に戻ると、新しく買った衣類を荷造りした。洒落《しゃれ》たワンピースが二枚。そのうち一枚は鮮やかな緑色だ。砂浜を散歩するときのコットンのシャツにジーンズ。明るい黄色の水着。荒野散策のための、膝丈の緑色のスカートに、同じく緑色のフラットシューズ。天候が急変したときのためには、スエードのジャケットも持ってきてある。

荷造りはほどなく終わり、あとは出発を待つばかりとなった。窓の外に目をやると、バスの屋根が雨で濡《ぬ》れているのが見えた。なんだか、自分の人生で重大事が起きるときは、いつも雨が降っている。ルアンはそんな気がした。

6

ペンカーンの村は、ごつごつした崖のひだにたくしこまれたような小さな漁村だった。

ヒュー・ストラザーンのコテージは、村から岩だらけの斜面を上がったところにひっそりと立っていた。室内は心地よいカントリースタイルでまとめられ、キッチンにはガスコンロと小さな冷蔵庫がある。

ジェム・ロヴィボンドは親切な青年で、ルアンが村で買った食料品を運んでくれたばかりか、ラベンダーの茂みにシーツを広げて風を通す手伝いまでしてくれた。「俺にできる用事があったら、なんでも言ってください、ミス・ペリー」ジェムは開けっぴろげな笑みを浮かべて言った。

「ありがとう」ルアンは笑みを返した。「このあたりの人はみんな、あなたみたいに親切なのかしら」

「近所づき合いがいいだけです」照れくさいのか、ジェムの口調はぶっきらぼうだ。

ジェムが帰ったあと、ルアンはコーンウォールの空気を胸いっぱいに吸いこんだ。寄せては返す波の音が聞こえてくる。ここは好きになれそうな場所だ。

それから一時間ほど、ルアンは忙しく立ち働いた。家じゅうの窓を開けて部屋に風を通し、ケーキとバタースコーンを焼き、どの部屋にも花を飾った。作業がすべて終わったとき、家の中は何もかもが輝いて見え、焼きたてのスコーンのいい匂いがしていた。

ルアンは満足げにあたりを見回し、ちょっと休憩しようとキッチンで腰を下ろした。

壁の時計は五時半を指していた。今ごろアンとバックリーが病院のタークィンを見舞っていることだろう。彼らは劇場のことやタークィンの体調、それにアンの結婚式のことも話すかもしれない。でも、わたしのことだけはけっして話題に上らないだろう。

不意に視界がぼやけ、ルアンは涙を必死でこらえた。ここで感傷にひたっていてはだめだ。散歩にでも行こう。ルアンは勢いよく立ち上がり、スエードのジャケットを手に、夕映えの中に足を踏み出した。浜から吹いてきた風が涙を乾かし、湿っぽい気分を吹きとばしてくれた。

坂を下ってロヴィボンド家の前にさしかかると、ミセス・ロヴィボンドが花の咲き乱れる庭でミントを摘んでいた。「浜まで散歩かい？」

「ええ。とても気持ちのいい夕方なので」

ミセス・ロヴィボンドはまぶしい夕日に手をかざした。「そろそろ潮が満ちるころだね。十分に気をつけるんだよ」

「大丈夫です、泳げますから」ルアンは笑った。

「コーンウォールの海流は荒いよ。あんたみたいな小さなべっぴんさんは、水に浮かんだコルクみたいに流されてしまう。とにかく気をつけるんだよ」

「わかりました」ルアンは素直にうなずき、小道をさらに進んだ。なだらかに広がる浜に出たとたん、ルアンは息をのんだ。まるで海で眠る怪物の鼻面のように、ごつごつした岩が波立つ海面から突き出している。しばしルアンは言葉もなく立ちつくし、伝説に彩られた海岸と、海流の荒さを物語る波しぶきを見つめていた。生き物の姿はカモメしか見えず、海賊の時代にこのあたりがどれほど寂れていたか、想像に難くなかった。

間もなく潮が満ちることを考え、ルアンは浜からあまり遠くない岩の上に腰を下ろし、渦巻く満ち潮と、夕日を受けて黄金色に輝く岸壁を眺めた。物悲しく荒涼とした景色は、ルアンを魅了した。

カモメの鳴き声と波の音以外は何も聞こえず、浜には自分一人きりだ。ところが、蹄《ひづめ》の音が聞こえてきたかと思うと、真っ黒な馬に乗った人の姿が、沈む夕日を背景にぐんぐん近づいてきた。砂と波を蹴立てながら馬が迫ってきたとき、ルアンは何かに突き動かされるように立ち上がった。

黒馬が驚いていななき、棹立《さおだ》ちになった。

乗り手の男性がすばやく手綱を引いて馬を制すると、馬は周囲を見回した。たてがみを振りまわす馬の上で、男性の黒髪も風に乱れていた。人と馬の姿には、洞窟の奥から時を超えてやってきたような、荒々しい原始の雰囲気が漂っている。

ルアンは茫然《ぼうぜん》と男性を見つめた。男性の青い目が夕日の斜光を受けてきらりと光る。どこで出会っても、彼のことはすぐに見分けがついただろう。だが波が岩を洗うコーンウォールの浜辺ほど、彼にふさわしい場所は考えられなかった。

「やはりまた会ったな」潮騒《しおさい》に負けまいと相手は声を張り上げた。「あんなことを言っていたくせに、やはり君はコーンウォールに来たのか」

立ちつくすルアンの前まで馬を進ませると、エデュアードは挑むような目で見下ろした。

「握手してもいいかな？　そうすれば、君が呪文で呼びだされた妖精ではないことを確かめられる」

「相変わらず、おかしなことをおっしゃるのね、ミスター・タルガース」ルアンは潮風で湿り気を帯びた髪を後ろにはねのけた。「潮が満ちてくるので、わたしはそろそろ帰らなければ」

「君はどこに滞在しているんだ？」

答えたくはなかった。だがルアンが答えなければ、満ちてくる潮で足が濡《ぬ》れても、エデュアードは解放してくれないだろう。「友人の娘さんの付き添いとして、ペンカーンに来ているんです」

エデュアードは乗馬用の鞭《むち》で崖の上を指した。

「あのあたりのコテージにいるのか？」

「ええ」ルアンはしぶしぶ答えた。「ロック・ヘイヴン・コテージです」

「なるほど。それなら、そろそろコテージに帰りたまえ。僕が君を馬に乗せてさらっていく前に！」

ルアンはぎょっとして、コテージへ戻る階段を目ざして駆けだした。エデュアードの笑い声が、波の音とともに、背後から追いかけてくる。階段を半分ほど上がったところで、思わずルアンは振り返り、砂浜の向こうに姿を消す人馬を見送った。なるほどセント・アヴレルはあちらの方角らしい。

心臓が激しく鼓動を打っていた。チャームは彼のことをなんと言っていただろうか？　〝ともに暮らす相手を探している〟〝あんなにあからさまに毛嫌いしなければ、あなただってプロポーズしてもらえたかもしれないのに〟

不意にルアンは怖くなった。もしチャームの言葉に一片の真実が含まれていたら？　もしエデュアードが、この辺鄙《へんぴ》な土地でわたしを見つけたのを幸い、わたしに求婚したら？　彼は七つの海を股にかけて交易してきた、海賊顔負けの男性だ。いやがる女に結婚を無理強いして面白がるかもしれない。

ルアンは追い立てられるように残りの階段を駆けのぼった。自分でもばかげていると思ったが、コテージに駆けこむまで足を止めることができなかったのだ。彼女は明かりをつけ、閉めたドアにぐったりともたれかかった。息が荒く、波しぶきで湿った乱れ髪が、紅潮した頬に張りついている。やがて呼吸が落ち着いてくると、ルアンは自嘲するように小さく笑った。ここはヴィクトリア朝時代のイギリスでも、謎めいた未開の東洋でもないのよ。エデュアードがわたしに結婚を無理強いできるはずがないわ。

キッチンのテーブルに、カバーのかかった皿が置いてあった。カバーをはずしてみると、おいしそうなイワシのマリネの匂いが空腹を刺激した。アップルパイと壺《つぼ》入りのクリームもある。誰が食事を差し入れたかわかるように、ロヴィボンド家の庭に咲くひまわりが一輪添えてあった。

「なんて優しい人たちなのかしら」らんらんと燃える青い瞳の記憶を頭の隅に追いやり、おいしい食事に舌鼓を打った。

午後九時にルアンはベッドに入り、しばらく読書をした。コテージに一人きりでも怖くはなかった。今夜の海は穏やかで、リズミカルな波の音が〝ゆっくりおやすみ〟と子守歌を歌っているようだ。

やがてルアンは明かりを消し、ベッドに身を横たえた。明日はとうとうペリン港にブルターニュからの船が来る。イスールトに会うのが待ち遠しい。

ルアンは目を閉じて、波の音に耳を傾けた。思い出したくはないのに、エデュアードとの再会が克明に脳裏によみがえった。潮の匂いや、つやつやした馬の毛並みまで記憶に鮮明だ。燃えるような夕焼けを背景に浮かび上がる黒い髪と日に焼けたたくましい顔は、忘れようにも忘れられなかった。

彼の口元には人を見下したような笑みが浮かんでいた。鼻はすっきりと高く、顎の深いくぼみには悪魔でも潜んでいそうだ。ブルターニュ人の血を引くせいか、それとも長年航海に出ていたせいか、その声には異国ふうの訛《なま》りがある。

情け容赦のないあの男性には、できるだけ近づかないようにしよう。茂みで野良犬でも追いかけるように、面白半分につきまとわれるのはまっぴらだ。ルアンの知る限り、タークィンと違って、あの男性には優しさなどみじんも感じられないのだから。

タークィン……。愛《いと》しい人の名をつぶやきながら、ルアンは眠りに落ちた。


ルアンは海面のまぶしい照り返しに手をかざし、桟橋に横づけされた船に目を凝らした。

やがて乗客たちが船から下りてきた。人混みがまばらになったとき、灰色の修道服を着た背の高い女性が目に入った。その隣にいる少女に手を上げて合図しようと思ったとき、少女もルアンに気がついた。パナマ帽に隠れて髪の色はわからないが、きっと彼女がイスールトだろう。少女は少し考えるようにこちらを見つめていたが、すぐに修道女に何か話しかけた。二人はそろってルアンに目を向けた。少女は微笑《ほほえ》んでいたが、修道女のほうはしかめっ面でルアンの全身に視線を走らせていた。

ルアンは、たっぷりフレアーを取った濃い緑色のワンピースを着ていた。赤褐色の髪は束ねずに、そのまま後ろに流してある。

パスポートのチェックが終わると、シスター・グレースは片手に旅行かばんを、もう片手にイスールトの手をしっかり握り、ルアンに近づいてきた。糊《のり》の利いた白いベールのせいで、修道女はなおのこと背が高く見える。見下ろされたルアンは、自分も女学生に戻った気分になった。

「あなたがミス・ペリーですか？　イスールトのお目付役をするはずの」

「ええ、そうです」ルアンは身がまえた。

「ずいぶんお若いのね。荒野にあるコテージで二人きりだなんて、大丈夫かしら」

「コテージは荒野にあるわけではありません」ルアンは微笑んだが、相手から笑みは返ってこなかった。ルアンはだんだん腹が立ってきた。「わたしが不適任でしたら、イスールトのお父上がわたしを雇うはずがありません」

「男性は往々にして、女性の見た目に惑わされ、判断を誤るものです」修道女は断言した。

どうやら修道女は、大事な生徒をこんな若い相手に託すのが心配なようだ。早くに気づいていれば、もう少し落ち着いた服と髪型を選んだのに。

「ミスター・ストラザーンのような立場にある方は、

普通の男性より人を見る目があるのではありませんか？　わたしは間もなく二十歳になります。若く見えるからといって心配はご無用です」

「詮索していると思われたのなら、ごめんなさい」

シスター・グレースの顔に初めて笑みが浮かんだ。

「たしかにムッシュー・ストラザーンほどの人物が選んだ方なら、間違いないかもしれませんね」

修道女はイスールトのパナマ帽を直した。「いい子でいるのですよ。日なたでは必ず帽子をかぶること。大好きな海で泳ぐときは、はしゃぎすぎないこと。約束できますか？」

「シスター・グレースったら！」イスールトの青白い顔がいたずらっぽく輝いた。「せっかくパパがルアンみたいなすてきな人を見つけてくれたのに」

「それでは、スーツケースを取っていらっしゃい」

イスールトは荷物の並ぶ列に駆けていった。

「よい子なのですが、少しばかり頑固なのが玉に瑕《きず》です」シスター・グレースは言った。「あまり甘い顔は見せないでやってくださいね。あの子は体が丈夫ではないくせに泳ぐのが大好きなんです。気をつけないと、すぐに咳《せき》の出る風邪を引きますから、よろしくお願いします」

「ミスター・ストラザーンにも、お嬢さんの面倒はしっかり見ると約束してあります」

イスールトが荷物を持って駆け戻ってきた。制服のせいか十六歳という実際の年齢より幼く見え、三つ編みにした赤毛がパナマ帽からのぞいている。

「あなた方はすぐにペンカーンに戻るのですか？」

「いいえ。この近くで昼食をとって、もう少しこのあたりを見てから帰ります」ルアンは笑顔で、しかし断固とした口調で言った。ヒューから、娘には新鮮な空気と、コーニッシュクリームをたっぷり与えてほしいと頼まれているのだ。イスールトには、その両方を堪能してもらわなければ。

「シスター・グレースも昼食をご一緒にいかがです?」ルアンは礼儀正しく誘った。

修道女は残念そうに、入院中の妹を見舞いに行かなければならないと言って断った。

修道女がタクシーで行ってしまうと、ルアンとイスールトはほっとした。

「いい人なんだけれど、真面目すぎるのよね」やれやれという顔でイスールトが言った。

「きっと務めを果たすことに熱心すぎて、楽しむのが怖いのね。でも彼女のような真面目な人たちがいなかったら、世の中は動かないわ」

「あら、わたしはちょっと〝悪い〟人が好きよ」イスールトはにっこり笑うと帽子を脱いだ。そのとたん、金色を帯びた赤毛が現れた。「つまり、大胆だけれど極悪人じゃない人。ほら、たとえばランスロット卿《きょう》とか。コーンウォールには、アーサー王と円卓の騎士に関する伝説がいっぱいあるのよ」

「察するところ、あなたの一番のお気に入りはランスロット卿なのね?」

「もちろん! 彼がグイネヴィア王女を愛してしまったせいで、聖杯の探求からはずされてしまったのは残念だわ。ランスロットのほうが、お堅いガラハッドよりずっと人間的だと思うけれど」イスールトは緑色の瞳をきらきらと輝かせた。「ねえ、パパとはどうやって知り合ったの? ひょっとしてパパはあなたに夢中なのかしら? だとしたら、すてきなのに!」

「とんでもない」ルアンは思わず噴き出した。「あなたのお父さんは、わたしの……友人が重傷を負ったとき、手術で彼の命を救ってくれたの。そのあと、わたしが仕事を探しているのを知って、夏の間、あなたのお目付役をしてくれないかと頼まれたのよ」

「たぶん、パパはわたしたちにお互いのお目付役をさせようと思ったのかもね」イスールトは茶目っ気たっぷりに目を輝かせた。「ねえ、パパってぶっきらぼうだけど、けっこうすてきでしょう？　わたし、ああいう〝大人の男性〟が憧れなの。いつか、そんな人と結婚できたらいいな」

「きっといい人が見つかるわよ」

「ありがとう。わたしをばかにしないで大人扱いしてくれて。十六歳って微妙な年齢なの。去年は親戚のヴァルが付き添いをしてくれたんだけれど、わたしのことなんか、まるで子ども扱いだったもの」

「それじゃあ、今年は思い出に残る夏休みにしましょう。わたし、コーンウォールは初めてなの。でも切り立った断崖や、どこまでも続く砂浜には心を奪われたわ。まるで別世界に来たみたい」

「コーンウォールは本当にすてきな場所よ」

「そうでしょうね」ルアンはペリン港の周辺を見渡した。迷路のように入り組んだ玉石舗装の道。こぢんまりとした石造りの家々。長い防波堤には漁網が広げて干してある。浜の石を洗う波は穏やかだ。

馬上の騎士が看板に描かれた〈キャメロット〉というレストランで食事をすることになり、イスールトは大喜びだった。「ロブスターにしようかしら。でもエビを食べると、じんましんが出るかもしれないし」

「それならセロリのスープと、ラムカツレツの野菜添えにすれば？」

「ルアンはそれにするの？」

「ええ、おいしそうだもの」

「そうね……じゃあ、わたしもそれにするわ」

注文が決まってルアンは満足だった。イスールトは痩せすぎている。しっかり食べて、丈夫になってもらわなければ。

食事が終わるころ、イスールトが誰もが訊《き》くであろう当然の質問をした。「あなたはどこに住んでいたの？　パパとはロンドンで出会ったの？」

ルアンは首を横に振り、深呼吸をしてからアヴェンドンのことを話しはじめた。ほんのいっときだけアヴェンドンを天国に変えてくれた男性のことは、できるだけ考えないようにしながら。白鳥のこと、エイヴォン川のこと、雷の落ちた劇場のこと。これだけアヴェンドンから離れていると、なんとか話をすることができた。

「演劇が好きだったの？」イスールトが悪気なく尋ねた。

ルアンは胸をえぐられた。「ええ。大好きだったわ。さて、デザートはあなたが選んでちょうだい」

「それなら、あなたが絶対にまだ食べたことがないものにするわ。〝稲妻と雷鳴〟よ！」

ルアンは茫然としてイスールトを見つめた。落雷で崩れたマスク劇場を目の当たりにしたときの、ショックと悲しみがよみがえる。

「びっくりした？」イスールトが笑った。「アイスクリームと糖蜜をかけたバナナスプリットを、このあたりでは〝稲妻と雷鳴〟と呼ぶのよ」

「ああ、そうだったの」ルアンは無理やり口元に笑みを浮かべた。「それなら、わたしも試しに食べてみるべきね」

バナナスプリットはとてもおいしかった。イスールトのおしゃべりのおかげで、ルアンの胸に不意によみがえった喪失の痛みは徐々に和らいだ。レストランを出てぶらぶら歩きだしたころには、タークィンに会いたい、彼の声を聞きたいという気持ちが、前ほど切実でなくなっていた。

二人は雑貨店で麦藁《むぎわら》帽子を買い、さっそくそれをかぶって、笑いさざめきながら店を出た。スーツケースはレストランで預かってもらっているので、このまま手ぶらで浜に行くつもりだった。

「わたしがこんな格好をしているのをシスター・グレースに見られなくてよかったわ」イスールトはル

アンと手をつなぎ、浜に通じる坂を駆けおりた。

その二人の姿を、浜辺のボートに腰かけた黒髪の男性が葉巻の煙をくゆらせながら見つめていた。

イスールトは不意に立ち止まり、ボートに腰かけた男性を見つめた。「あの人、パパの友だちだわ。こんなところで何をしているのかしら?」

くっきりと日光に照らされ、船首像のように動かぬたくましいエデュアードの姿を認めて、ルアンも同じことを疑問に思った。

「彼は世界じゅうの海を巡る船乗りだったのよ」イスールトが興奮したささやき声で教えてくれた。「でも船を降りて、ここで初恋の相手と腰を落ち着けることにしたんですって」

「ずっと待っていたなんて、その女性はよほど彼を愛していたのね」チャームに聞かされた話とはずいぶん違う。ルアンはいぶかった。

「あら、相手は女性じゃないのよ」イスールトの鈴のような笑い声が響いた。「もしも愛した相手がコーンウォールの女性だったなら、彼は航海に連れていったはずよ。彼ならきっとそうするわ」

「どういうことなの?」ルアンはわれ知らず興味を引かれていた。

「彼は彫刻が好きで、その道で身を立てるつもりだったの。ところが、賭け事が大好きだったお父さんが破産したうえに亡くなってしまったので、彫刻家になることをあきらめて、一族の財産を取り戻すために船乗りになったんですって。そして、首尾よく一族の屋敷や、散り散りになった肖像画なんかを買い戻すことに成功したのよ。エデュアード・タルガースはとっても意志が強くて、それでいて面白い人よ」

「面白い人?」ルアンはつぶやいた。話をしているうちにエデュアードが立ち上がり、大股でこちらに近づいてきた。身につけているのは仕立てのいいスラックスと白いスポーツシャツなのに、なぜか時代を超えて過去からやってきた人のように見える。

「噂《うわさ》だと、タルガース家の男性はみんな悪魔に取りつかれているんですって」イスールトはささやいた。

「やあ、イスールトじゃないか。たしか去年、お父さんとセント・アヴレルを訪ねてくれたね」エデュアードは手を差し出した。

イスールトは真っ赤になって握手をした。

エデュアードは、君たちが僕の噂をしていたのはわかっているんだよと言わんばかりに、口元をひくつかせていた。

「こんにちは、ミスター・タルガース」イスールトが口を開いた。

「たしかエデュアードと呼んでもらうことに決めたはずだよ」

「ええ。でも、お忘れかもしれないと思って」

「僕は大事な人のことは忘れたりしない」そう言って彼は、ルアンに意味ありげな視線を投げた。

ルアンは思わず身をこわばらせた。

「こちらはわたしの付き添いのミス・ルアン・ペリーよ」イスールトが意気ごんで紹介した。

「ミス・ペリーとは以前に会ったことがある。おや、イスールト、そのことは聞いていないのかい？」エデュアードは茶化すように尋ねた。「運命のいたずらでこうして再会したからには、ミス・ペリーがどういう経緯でコーンウォールに来ることになったのか、聞かせてもらいたいものだね」

「パパが彼女に頼んだからよ」イスールトは物問いたげな目で、エデュアードとルアンの顔を交互に見比べた。「ルアンのお友だちがひどいけがをして、パパが手術を担当したんですって。それでルアンは感謝のしるしに、はねっかえり娘の面倒を見ることを承知してくれたの」

「なるほど」エデュアードはまっすぐにルアンの目を見つめた。黒い睫《まつげ》に縁取られた青い瞳が、らんらんと輝いている。「そのお友だちというのは、僕も知っている人だろうか？」

「ええ、たぶん。継姉《あね》の仮面舞踏会でお会いになったはずです。それに、マスク劇場で彼がシェイクスピア劇に出たのもご覧になっていると思います」

「ああ、あのハンサムな俳優だね」

「ええ」ルアンの鼓動が激しくなり、むらむらと敵意がこみ上げてきた。

「その彼がひどいけがをしたって？」

「劇場に雷が落ちて、頭と背骨に重傷を負いました。彼はミスター・ストラザーンのおかげで命拾いしたんです」ルアンは昂然《こうぜん》と顔を上げ、探るようなエデュアードの視線をまっすぐに受け止めた。わたしがタークィンと交際していたことを彼は知っている。星くずが目に入れば痛い目に遭うとさえ言った。もしエデュアードに心を読まれたら――タークィンがわたしへの愛を忘れてしまったので、逃げてきたことを知られたらと思うと怖かった。

「ルアンったら、エデュアードと知り合いだったなんて、ちっとも知らなかったわ！」

「ほんの通りいっぺんの知り合いだったからね。ミス・ペリーはあらためて僕と仲良くなろうとは思わなかったんだろう。それでも、僕が物寂しい気分のときに、君たちに出会えて嬉《うれ》しかったよ」

「それにしてもペリン港で何をしているの？　わたしがブルターニュから帰ってきた日に、あなたもここにいるなんて驚きだわ。ひょっとして、パパから手紙をもらっていたのかしら？」

「いや、お父上とはしばらく連絡をとっていない」

「それじゃ、あなたは魔法使いなんだわ。たしか、お祖母《ばあ》さんも未来が予知できたんでしょう？　城《シャトー》が人手に渡ることを予言したと聞いているわ」

「それは、祖母が父のギャンブル好きを知っていただけだよ。ところでミス・ペリーに、タルガース家の男には悪魔が取りついていて、真心のある女性に愛されないとその悪魔は祓《はら》えないという話はしてあげたかい？」

「面白いお話ですね」ルアンは彼の割れ目のある顎に視線を向けた。「でも、あなたご自身は、それを信じていらっしゃるのかしら？」

「タルガース家の最後の人間として、そろそろ花嫁をめとるのが賢明かもしれないと考えてはいる。もちろん、真心のある花嫁をね」

「あなたなら苦労せずに花嫁が見つかるわよ」イスールトが、エデュアードのたくましい肩や、真っ白なシャツに映える日焼けした顔をうっとりと見つめた。「あなたが海に出た十九歳のときに出会っていたかったわ」

「そうすると僕は、乳母車に乗った君をさらっていく計算になる」

「冗談はやめてちょうだい！　あなたに出会うわたしは、もちろん十六歳よ」

「僕は東洋の果てへ行くことになっていた。ずいぶん長い間、お別れしなければならなかったよ」

「恋人のわたしを連れていってはくれないの？」

「その当時、僕はまだ船長じゃなかったからね」

「やっぱり海が恋しいの？　だからペリン港で船を見ていたのかしら？」

「未来に希望が持てず、過去の思い出にしがみついているというところかな」

ルアンは、海のように青いエデュアードの目を見た。その鋭いまなざしにさらされると、無防備になった気がして仕方がなかった。エデュアードが、ここはイスールトのために一時停戦にしようと無言のまま目で伝えてきた。

イスールトは、楽しいことだけを考えたい若者特有の表情でルアンに向き直った。「ねえ、昔エデュアードと喧嘩《けんか》したのかもしれないけれど、できたら仲直りして。お願いよ。でないと、シャトーに招待してもらえないわ。とっても不思議ですてきなところなのよ」

「そうなの?」ルアンは衝動的にエデュアードに手を差し出していた。そして、力強い握手を予期して身がまえた。

ところが驚いたことに、エデュアードは小鳥をつかむように優しくルアンの手を包んだ。そして、青いスカラベに目を留めた。「本物のスカラベみたいだな。ひょっとして羽の下に何か字が刻んであるんじゃないかい?」

「ええ」ふれ合った手の温《ぬく》もりを感じながら、ルアンは答えた。「わたしには読めませんけれど」

「見せてもらってもいいかな?」

ルアンはためらったが、イスールトの興味津々の目に促され、指輪を抜いてエデュアードに渡した。

エデュアードは指輪をしばらく太陽にかざしてから言った。「たしかにアラビア語で何か書いてある。翻訳することはできないが、この指輪は悪運を退けてくれる魔除《まよ》けのお守だ」

ルアンはちらりとエデュアードを見やった。この指輪が誰からの贈り物か、彼は気づいているのかもしれない。だが、この指輪をはめていても、ルアンに幸運は訪れなかった。

「その指輪、わたしもはめてみたいわ」イスールトが懇願した。

「だめだ」エデュアードは首を横に振り、ルアンの右手の中指に指輪を戻した。「このスカラベは結婚指輪のようなもので、他人がはめると魔力を失ってしまうんだ。君には今度、うちにある指輪をあげよう」

「本当に? どんな指輪?」イスールトは、エデュアードから指輪をもらえると聞いて夢中になった。

「タイの寺院で踊りを捧《ささ》げる踊り子が、王女から賜った指輪だよ」

「すてき」エデュアードに抱きつくのはさすがに恥ずかしかったらしく、イスールトはルアンの腰にしがみついた。「ねえ、あなたは本当に世界じゅうを旅してきたの？　たとえばヒマラヤ山脈とか？」

「もちろん。カトマンズの寺院に行ったこともあるし、太陽を受けて黄金色に輝く大伽藍《だいがらん》も見た。虎の毛皮の寝台で眠ったこともある」エデュアードは微笑み、コーンウォールの潮風を吸いこんだ。「そしてようやくセント・アヴレルに戻ってきた」

「あなたは男だから、思うように生きられて羨ましいわ」

「必ずしも思うように生きてきたわけじゃないがね」エデュアードは困ったような笑みを浮かべた。

「さて、お嬢さんたちのこれからのご予定は？　海岸で日なたぼっこをして、クリームたっぷりのお茶を堪能したら、コテージにご帰還かな？」

「そのとおりよ。やっぱりあなたは魔法使いだわ」イスールトが笑い声をあげた。「長い旅をする間に、読心術が使えるようになったのね」

「そうかもしれない」エデュアードはルアンの目を見た。「君の心も読んであげようか？」

ルアンは微笑を浮かべた。「わたしがあなたの心を読んで差し上げます。今日は特に予定もないので、わたしたちと過ごしてもいいと考えているんでしょう？　きっとイスールトは大喜びしますよ」

「君は大喜びしないのかい？」

「読心術が使えるのなら、わたしの心も読んでごらんになったら？」ルアンはそっけなく言うと、エデュアードに背を向けた。わたしがあなたと一緒にいて、楽しいわけがないでしょう。

三人は波打ち際の温かい砂の上に寝そべった。

ルアンは頭の上に麦藁帽子をのせ、エデュアードがイスールトにせがまれるまま各国の珍しい話を語って聞かせる低い声に、ぼんやり耳を傾けていた。イスールトを夢中にさせるエデュアードの魅力が、ルアンはかえって怖かった。タークィンのことを知っているエデュアードの前に出ると、忘れたくてたまらないあれこれを思い出さずにはいられないからだ。

7

ティーガーデンでおいしいコーニッシュクリームとフルーツを堪能し、満腹したところで、エデュアードが二人をコテージまで送ると言いだした。

「ポニーに引かせる二輪馬車で来たんだ。乗せてあげるから、荒野を馬車で帰らないかい?」エデュアードはルアンの目をとらえた。「僕は昔ながらのやり方のほうが情緒があって好きなんだよ」

「あら、あなたが最新のスポーツカーに乗っているのを見た記憶があるけれど」そうは言ったものの、ルアンはひどく興味を引かれていた。

「たしかに、君を車に乗せたことがあったな」

仮面舞踏会の夜の記憶が、ルアンの脳裏によみがえった。あの日、劇場を見つめるわたしの目がきらきらと輝いていたことをエデュアードは見逃さなかった。イスールトの言うように、本当に彼は魔法使いなのかもしれない。すでにあの時点で、わたしがコーンウォールに来ることを予言していたのだから。

「ぜひ乗りたいわ」イスールトが意気ごんで答えた。

「ミス・ペリー、君は？」エデュアードは問いかけるように眉を上げた。「君も乗りたいんだろう？意地を張らずに素直にそう言ったらどうだ？」

さすがのルアンも、この魅力的な申し出を断ることはできなかった。ほどなく三人は、馬具につけた鈴の音を道連れに家路についていた。ポニーは灰色の若駒で、たてがみを振り振り、弾むような足取りで、こぢんまりした家々や、かつて魔女が水責めにされたであろう小川の横を進んだ。

石を積んだ垣根や風に曲がった木の点在する荒野を進むうち、ルアンはコーンウォールの地に満ちる魔力を全身で感じていた。道中でエデュアードが、丘の上の崩れかけた修道院を鞭《むち》の先で指した。「いかにも幽霊が出そうだとは思わないか。わが城《シャトー》にも、僕の先祖の幽霊が出ると言われていてね。小塔で見張りに立ち、来るはずのない船を待っているそうだ。言い伝えでは、彼が待っていた恋人はフランス革命でとらえられ、以後、消息不明らしい」

「彼は、それからどうなったの？　ひどく悲しんだでしょうね」イスールトが尋ねた。

「彼はコーンウォールの女性と結婚した」エデュアードは微笑《ほほえ》んだ。「二人の間に生まれた娘が、やがてタルガース家に嫁いだ。かくしてシャトーはタルガース家のものになった」

「とってもすてきなシャトーなのよ。今にも中世の騎士や乙女がそのまま出てきそうな雰囲気で」イスールトが瞳を輝かせてルアンに力説した。

ルアンは苦笑した。

「若者は誰しもトリスタンやハムレットに憧れるものだ」エデュアードはちらりとルアンに目をやった。「たいていの場合は、年齢を重ねるにつれ、そういった憧れから卒業するものだが」

彼が遠回しに何を言っているのか、ルアンはすぐに察した。わたしのタークィンへの思いは幼い憧れにすぎないと言いたいのだ。〝あなたは間違ってるわ！〟ルアンはそう叫びたかった。〝わたしとタークィンが育んだ愛は、傲慢な海運業者のあなた――なんでもお金で買えると思っているあなたには、けっして理解できないものなのよ〟と。

エデュアードはルアンの本心を読むようにじっとこちらを見つめていたが、ふと道の曲がり角で馬車を停《と》めた。「あれを見てごらん」彼の指さす先には、茫洋《ぼうよう》と金色に広がるハリエニシダの茂みに囲まれて、無気味な巨石が屹立《きつりつ》していた。

「あれは〈悪魔の竪琴《たてごと》〉と呼ばれている。近くまで行って、風が奏でる音楽を聴いてみようか」

三人は馬車を降り、腰まである茂みの中を進んだ。エデュアードの言うとおりだった。石の周りを吹く風が奇妙な音をたて、まるで見えない手が黒い石の竪琴を奏でているようだ。

「気味が悪いわ」イスールトがエデュアードの腕につかまった。「夕方の荒野はなんだか怖い」

「日が暮れると、あらゆるものの虚飾が剥ぎ取られる。恋人の顔がいつもと違う表情を浮かべ、少女の目に謎めいた光が浮かぶ」

エデュアードの声には、ケルト音楽に相通じる響きがあった。風に髪が乱れ、ルアンの肌がぞくりと粟立《あわだ》った。荒野にもエデュアードにも、ひどく心を乱されていることにルアンは気づいた。ヨタカの声が響き、夕焼けが燃えるように赤い。

気がつくとエデュアードの青い目がこちらをじっと見つめていた。

「まるで芝居の一場面のようだな」

「わざわざそんな言い方をする必要があるの？」

エデュアードは、イスールトがポニーのところに戻っており、こちらの声が聞こえないことを確かめてから、低い声で話しはじめた。「教えてくれ。タークィン・パワーズは君とつき合いはじめる前に、結婚していることを告白したのか？」

「どうして……彼が結婚していることを知っているの？　何より、そんなことはあなたにとってどうでもいいことでしょう？」

「ずいぶんきっぱり断言するんだな」

「だってあなたはチャームに会うためにアヴェンドンに来たんだもの。屋敷に来る男性は、わたしになど目もくれないわ」

「でもタークィン・パワーズは違った？」

「わたしたちは劇場で出会ったの。会ったとたん、何かの魔法にかかったのを感じたわ」ルアンはエデュアードの視線をまっすぐに受け止めた。夕焼けに照らされた彼の顔はひどくいかめしく見えた。

エデュアードはどこを取っても、荒野に立つ巨石の遺跡のようにごつごつと角張っている。そんな彼にどうしてわかるだろう――まなざしだけで語り合えることや、ふと見せた寂しげな表情が心の琴線にふれることが？　エデュアードは自立心が旺盛すぎて、タークィンのように誰かに支えてもらう必要がないから、それがわからないのだ。

「とてもロマンティックな出会いだったわ」

「僕には商売人の根性しかなく、ロマンスを愛する心がないと言いたいらしいな」

「違うかしら、ミスター・タルガース？」

「おおむね間違ってはいない。君が想像しているとおり、港から港へ品物を運ぶ船の暮らしに、夢想にふけっている余裕はないからね。だが、そんな僕でも、けっしてやらないことがひとつだけある。結婚できないとわかっていながら、女性の気持ちをもてあそぶことだ。ひょっとすると君は、愛人になってくれと頼まれて逃げ出したのか？」

「いいえ。わたしは彼を愛していたのよ。そのくらいのことを恥だとは思いません」

「それなら、なぜアヴェンドンを出て、ここに来た？」エデュアードの追及は執拗《しつよう》だった。

「それは……落雷事故のあと、彼がわたしのことを忘れてしまったからよ。どうしてそんなことが知りたいの、ミスター・タルガース？」

「君もイスールトと同じで、まだ若くて繊細だからだ」

「あなたは親戚のような温かい目でわたしたちを見守ってくださるというわけね」

エデュアードが鋭く息を吸った。

そのとたんルアンは、彼をただの親戚扱いするのは、虎を猫扱いするのと同じくらい危険だと察した。

ルアンは逃げるように馬車に駆け戻った。イスールトはすでに座席で眠りこんでいる。コテージに戻るまで、ルアンはイスールトの華奢《きゃしゃ》な体を抱き寄せていた。

コテージに続く小道の手前でエデュアードは馬車を停めた。スーツケースを持ったルアンが先に立ち、眠っているイスールトを抱いた彼があとに続いた。ルアンが玄関の鍵を開け、明かりをつけて振り返ると、イスールトを抱いて戸口に立つエデュアードが、まるで花嫁を略奪してきた海賊のように見えた。

居間のソファに下ろされて、ようやくイスールトは目を覚ました。「楽しい一日はもう終わりなの？シャトーにはいつうかがえるかしら？」

「こちらの都合のいいときに、使用人のミデヴィルを使いによこそう。彼を覚えているかい？　もともと僕の船で働いていた男だ」

「ええ。彼はあなたに命を救われたと言っていたわ。

鮫《さめ》に左脚の一部を食いちぎられたところを、ナイフをくわえたあなたが助け出してくれたおかげで、脚を全部食われずにすんだって」

エデュアードは闊達《かったつ》な笑い声をあげた。「ミデヴィルなら僕が助けなくても、一人で十分に鮫を出し抜いていたさ。彼の生まれ育った島では、人間は七つの命を持っているそうだからね。そもそもミデヴィルは、真珠を採ろうとして鮫に襲われたんだ」

「鮫は真珠を守っていたのかしら？」

「そうかもしれないな」エデュアードは立ち上がった。「一週間ほどロンドンに行って留守にするので、ミデヴィルをよこすのはそのあとになる」

「ロンドンでわたしのパパにも会うの？」

「もちろんだ」

「それなら、パパに伝えて。わたしはルアンをとっても気に入って、何もかも順調だって」

エデュアードは二人に目をやった。「君たちだけで本当に大丈夫かい？」

「もちろんです。ヒューにもそう伝えてください」ルアンは答えた。

「ヒューだって？」

「ミスター・ストラザーンに」控えめに言い直したとたん、エデュアードに手首をつかまれ、ルアンは小さく悲鳴をあげた。エデュアードはそのままルアンを玄関へ連れていった。ルアンの頭にはひとつの考えしか浮かばなかった。彼はわたしにキスしようとしているんだわ！　もしそうなったら、どうしたらいいの？　たとえ大声で叫んでも、ロヴィボンド家の人たちには聞こえもしないだろう。

「震えているね。いったい僕が何をすると思っているんだ？　君にキスをするとでも？」

「いやな人！　どうしていつもわたしの気に障ることばかりするの？」

「そういう君も、なぜ僕を毛嫌いする？」エデュアードはルアンの顎をつかんで自分の方に向かせた。

「僕のどこがいやなんだ？　歯に衣《きぬ》着せぬぶっきらぼうな物言いか？　顔がいかめしいところか？　それとも、君のような初心《うぶ》な娘は、目に星くずが入って痛い目に遭うと言ったことか？」

「いつも正しいことが言えて楽しいでしょうね」

「どうやら三つとも当てはまるらしいな。だが、どれも僕にはどうすることもできないものばかりだ。僕は甘ったるいお世辞は言えないし、ハンサムな顔立ちでもない。それに冬が長ければ、暖炉に近づくなと子猫に言っても無理な話だ。サンシール家の屋敷で君が居候同然の扱いを受けていることに、僕が気づかなかったとでも思うのか？　僕はあの男に少し遅れを取っただけで――」

「なんですって？」思わずルアンは問いただした。

「僕のほうがあの男より先に優しくしてやったら、君だって少しは僕を好きになってくれただろうに」

「わたしがあなたを好きでも嫌いでも、どうでもいいでしょう？」

「これから僕たちは何度も顔を合わせることになる。だから前もって伝えておきたかった。僕も君と同じように、友人を必要としているんだ。十五年ぶりに戻ってきたセント・アヴレルには、親しい人がもういない。頼む、ルアン。少しでいいから、僕を好きになってくれ」

エデュアードを見上げてルアンは吐息をもらした。

「人間って、どうしてこんなに厄介なのかしら」

「僕を好きになるのは難しいと言いたいのか？」

「少し……時間がかかると思うわ」

「ヒュー・ストラザーンを好きになるのに時間は必要だったのか？」

「ヒューは、わたしが友人を必要としているとき、そばにいてくれたわ」エデュアードの孤独の叫びを、真に受けることはできなかった。傲慢そうな唇、力強い顎、黒々とした眉——そのどれもが、他人を頼らず、運命を独力で切り開く男性の象徴に思える。

タルガース家の最後の男性であるエデュアードは、十五年かけてシャトーを取り戻した。そして今度は、シャトーを継がせる子孫を得るために、結婚相手を探している。ルアンは突然、自分のような娘にエデュアードが目をつけた理由に思い至った。わたしが孤独な若い娘——せっかく手に入れた愛を失ったうえ、血縁者もいない娘だからだ。

ルアンは身をこわばらせた。われしらず背筋をおののきが駆け抜ける。

「おやすみを言って、君を解放することにしよう。僕が一週間コーンウォールを留守にすると聞いて、さぞかし君はほっとしていることだろうな。ストラザーンに君の伝言を伝えておくよ。今度来るときは、おみやげに東洋のシルクでも持ってこよう。では、ごきげんよう、ミス・ペリー」

エデュアードは暗がりの中を歩み去った。やがてポニーの蹄《ひづめ》の音が遠ざかっていっても、ルアンはしばらくそこに立ちつくして動かなかった。

家の中からイスールトの呼ぶ声が聞こえた。「ココアを作ったわ、ルアン。温かいうちにどうぞ」

ルアンは微笑んだ。今エデュアードと交わしたばかりの信じがたい会話のあとでは、ココアとイスールトとのおしゃべりが、あまりにも当たり前に感じられたからだ。さっきの会話には別の意味が裏に潜んでいそうで、真に受けるのが怖い。表向きエデュアードはわたしの友情を求め、シルクのプレゼントを申し出た。それなのに、わたしは彼の前にいると落ち着かず、いかめしい容貌を見るだけで逃げ出したくなる。

ルアンは慌ててコテージのドアを閉めると、居間にいるイスールトのところへ戻った。

「二人で何を話していたの?」イスールトは知りた

がった。「それに、どうしてエデュアードと知り合いだと教えてくれなかったの？」

「それほど大事なこととは思わなかったのよ。さあ、明日は海で泳いで、浜でピクニックをしましょう」

「嬉《うれ》しい！」イスールトが夢見がちな目でルアンを見た。「ねえ、エデュアードはわたしが成人するまで待ってくれるかしら？　シャトーの女主人になれたらすてきだと思うんだけど」

「若いあなたが、年齢が倍もある男性と結婚するのを、お父さんは喜ばないと思うけれど」

「愛し合っていれば、年齢なんて関係ないでしょう？　それに大人の男性は優しくて世慣れているから、頼りになるわ」イスールトは唇についたココアをなめた。「うまく彼の気を引けたら、待ってくれそうな気がするんだけれど」

「なんてことを言うの！」ルアンはぎょっとした。「そんなことをしたら、わたしがあなたのお父さんに叱られるわ」

「つまらないの」そう言ったものの、イスールトは少し後ろめたそうな顔になった。「ひょっとして恋愛や結婚の話がいやなのは、好きだった人のことを忘れられないから？」

「いいのよ、もう終わったことだから。彼のことは忘れないといけないの」

「ハンサムな男性だった？」

「ええ。さあ、そろそろ部屋に行きなさい。カップはわたしが洗っておいてあげるから」

「ルアン……」

「今度はなんなの、知りたがり屋さん？」

「エデュアードとはどうやって知り合ったの？」

「彼はわたしの義理の姉の求婚者だったの。継姉《あね》は美人だけれど分別もあったから、別の人と婚約したわ。もっとも、拒まれてもミスター・タルガースの心にはひびひとつ入らなかったと思うけれど」

「ずいぶん手厳しいわね」

「このくらい、彼にはいい薬だと思うわ。さあ、本当にそろそろおやすみなさい」

イスールトはいきなりルアンに抱きついてきた。

「あなたってすてき！　なんだか、鎧《よろい》の騎士に救われるのを待っている乙女みたい」

「いったい何から救ってもらうのかしら？」

「間違った男性と恋に落ちることからよ」

ルアンははっと息をのんだ。胸がえぐられるように痛む。イスールトが知っているはずがない。タークィンとわたしの愛が、一編の詩のように美しかったことを。だが星回りが悪く、二人の愛は長続きしなかった。愛の歌を歌い上げるには、もっと早く出会っていなければいけなかったのだ。


続く一週間というもの、二人は鳥のさえずりとともに目を覚まし、潮の香りと海面の輝きに誘われるように浜に下りては海水浴を堪能した。

金曜日まで雲ひとつない晴天が続いたが、土曜日の朝は波が高く、空もどんよりと曇っていた。波打ち際で水しぶきを浴びたイスールトが悲鳴をあげる様子に、ルアンは声をたてて笑った。

「今日は荒野をハイキングして、モウガン・イン・ヴェイルに行かない？」

「それがいいわ」イスールトは浜で小躍りした。

二人は急いでコテージに戻ると、出かける支度をした。ルアンはサンドイッチを作り、水筒にコーヒーを入れた。風に光るハリエニシダの茂みの中を二時間も歩くと、かつて密輸人の隠れ里だった小さな村モウガン・イン・ヴェイルに到着した。細い道がうねうねと谷底に続き、のどかな谷のあちこちに、妖精の住み処《すか》のような小さな家が点在している。

ルアンは一目で魅了された。まるで過去のどこかで時が止まってしまった村のようだ。戸口でパイプを吸っている老人は、ブランデーを密輸する海賊かもしれないし、洗濯物を干している娘には、船底にレースを隠している恋人がいてもおかしくない。コーンウォールに来てよかったわ。ルアンはしみじみそう思った。

二人はなだらかな草の斜面で昼食をとったあと、村を散策し、小さな郵便局で絵はがきを買った。

「ブルターニュの友だちとパパに送るわ。あなたは誰に送るの?」イスールトが尋ねた。

ルアンはアン・デストリーのことを考えた。でも、アンはもうアヴェンドンにいないかもしれない。タークィンが退院していたら、アンもバックリーもロンドンに戻っているかもしれない。

「今日の記念に買ったのよ」ルアンは無理に笑顔を作った。「ここがあまりにもきれいだったから」

四時を過ぎるころ、雲が低く垂れこめてきた。ルアンとイスールトが息を切らせて丘を登っているうちに、こぬか雨が降りだした。

通りかかった年配の村人が、若い二人の顔を心配そうに見つめた。「急いだほうがいい。今に土砂降りになるぞ」

老人の言葉どおりになったが、幸い、最初の大きな雨粒が落ちてきたとき、遠くないところに大きな風車小屋が見えた。

「走りましょう!」イスールトが叫んだ。

二人は死にものぐるいで走った。小屋の壁にぽっかり開いた戸口に駆けこんだとたん、見る間にたたきつけるような大雨になった。風がうなり、豪雨がヒースを打ち倒して、花崗岩《かこうがん》をしとどに濡《ぬ》らした。

「まるで滝の中にいるみたい。うっかり外にいたら、溺れていたかもしれないわ」イスールトがあえいだ。

ルアンは古い風車小屋の中を見回した。目の端で何か動いたような気がして、ルアンは首をすくめた。たとえコウモリや蜘蛛《くも》がいたとしても、土砂降りの雨の中に出ていくよりましだ。あたりは吹き降りの雨で一面の灰色に塗りこめられ、空も地面も見分けがつかない。屋根を打つ雨音は耳を聾《ろう》さんばかりだ。

雨はいっこうにやむ気配を見せなかった。アヴェンドンの雷雨を思い出し、ルアンは怖くなった。わたしたちは、この打ち捨てられた風車小屋で二人きりだ。もし稲妻が光ったりしたら……。思わずルアンが身震いしたとき、イスールトがこちらを見た。

「大丈夫よ。ほら、雨の音がましになったわ」

やがて、降りだしたときと同じくらい唐突に雨は上がった。雨の音がやむと、急に静けさが耳についた。水量の増えた小川が勢いよく流れる音が聞こえ、雨に洗われた草の匂いがすがすがしい。

ルアンは大きく息を吸って、イスールトに微笑んだ。「今のうちに帰りましょう」二人は濡れそぼったヒースの茂みに足を踏み出し、ペンカーンを目指してひたすら歩いた。空は澄み渡り、水滴がシダの葉の上で宝石のようにきらめく様子は美しかった。

だが、ようやくコテージの近くまで戻ってきたとき、二人は膝までずぶ濡れになっていた。

早く着替えて、暖かいストーブと熱いお茶で体を温めようと二人は道を急いだ。ところが、コテージに続く小道の角で、二人の足がぴたりと止まった。崖の一部が大きくえぐれ、岩もろとも崩れ落ちている。二人は息をのみ、土砂に埋もれたコテージを言葉もなく見つめた。

「なんてことかしら!」イスールトがささやいた。

ルアンの顔から血の気が引いた。もし雨が降りだす前にコテージに戻っていたら……。ほんの少し前まで、揺るがぬ岩肌と思っていたものの下敷きになっていたところだ。

泥だらけの小道を駆けだそうとしたイスールトを、ルアンは慌てて引き留めた。「行っても無駄よ。それにほら、誰かがこっちに来るわ」

黒髪の男が斜面をこちらに向かっていた。敏捷《びんしょう》なのだが、体の動きがどこかぎこちない。

「ミデヴィルだわ！」イスールトが叫んで手を振った。

濡れて危険な崖の斜面を登ってくると、ミデヴィルは顔に大きな笑みを浮かべた。「ご主人様がお嬢さん方をお茶に呼ぶから、お迎えに行けとおっしゃって。この様子じゃ、お茶の時間どころか、夜もシャトーに滞在していただくことになりそうですな」

「ふもとの人たちは？　みんな無事だったの？」ルアンは心配そうに尋ねた。

「もちろんです。岩につぶされたのは、あのコテージ一軒だけです。さて、お嬢さん方が無事とわかったからにゃ、ご主人様のところへお連れしないと」

「でも、わたしたちの荷物がまだコテージの中にあるのよ。取ってこないと」

「ミスター・ジェムが、出せるだけのものは出してくれました。でも今はお二人とも震えていらっしゃる。すぐにお二人をシャトーにお連れしないと、あたしがご主人様に叱られます。さあ、馬車があちらにあります」

「行きましょう」イスールトがルアンの腕をつかんで促した。「コテージのことは、エデュアードにまかせておけば大丈夫よ」

たしかに今ここでできることは何もない。ルアンはつぶれたコテージに背を向けて、馬車の待つ曲がり角に向かった。馬車に乗りこむとき、ルアンはつい、エデュアードの船で働いていたという男を観察してしまった。歩き方が少し変だが、跳ねるような足取りは敏捷だ。ミデヴィルが手綱を取ると、馬車はセント・アヴレルを目指して出発した。

「考えてもみて」最初のショックから立ち直ったイスールトが緑色の瞳を輝かせた。「シャトーに泊まれるのよ！　わくわくするわ」

さすがのルアンも、こんな事情でシャトーに滞在を余儀なくされるとは予想もしていなかった。だがコテージが元どおりになるまでは、状況を受け入れるしかない。ペンカーンの村でも泊まるところは見つかるだろうが、イスールトはがっかりするはずだ。

レモン色に染まった荒野の空には、宵闇が迫りつつあった。あちこちにある巨石の遺跡は、まるで魔法使いの杖《つえ》で石に変えられた人の姿のようだ。

イスールトの冷たい手が、ルアンの手に滑りこんできた。ルアンはイスールトを心配そうに見つめた。

「シャトーに着いたら、すぐ熱いお風呂に入りなさい。風邪を引いてしまうわ」

「わたしなら大丈夫よ」そう言ったとたん、イスールトの口から小さなくしゃみが飛び出した。

御者席のミデヴィルが振り返った。「お二人に必要なのは熱いラム・トディですよ」ミデヴィルはポニーを急がせた。「すぐにシャトーへ着きますよ」

8

やがて馬車は、屋根や壁が複雑に入り組み、細長い窓の小塔が空を貫く城《シャトー》の中庭に入っていった。

伝説では、圧政を逃れたフランス貴族が、コーンウォールの花嫁とここでしばしの平穏を得たという。

ルアンは一目でシャトーに魅了されたが、エデュアードが大股で近づいてくるのを見たとたん、全身をこわばらせた。

「ずいぶん時間がかかったな、ミデヴィル」そう言ったエデュアードは、ルアンたちの様子に気づいて仰天した。「なんてことだ《モン・デュー》。二人ともずぶ濡《ぬ》れじゃないか。荒野の湿地にでも突っこんだのか？」

「コテージが崖崩れに遭ったんです」イスールトが

小さいくしゃみをした。

「君たちはコテージの中にいたのか？」エデュアードは咎《とが》めるような視線を、ルアンの乱れた髪や小刻みに震える唇に向けた。

「今日はハイキングでコテージを留守にしていました。しばらくここに滞在させていただいても、ご迷惑ではないでしょうか？」ルアンは答えた。

「迷惑だって？　僕がそんな情のない人間に見えるか、ミス・ペリー？　喜んで泊めてあげるよ」

エデュアードはイスールトに微笑《ほほえ》みかけた。「早く中に入って、暖炉で体を温めておいで」

イスールトはエデュアードに手を貸してもらって馬車を降りると、シャトーに駆けこんでいった。彼はルアンにも手を差し出したが、彼女は素知らぬ顔で馬車を降り、その報いを受ける羽目になった。まだ濡れていた地面で足を滑らせたのだ。エデュアードががっしりと支えてくれたとたん、間近に感じる筋骨たくましい男性の体の感触に、ルアンは頭の中が真っ白になり、わけがわからなくなった。

エデュアードが小さく笑った。「手を放してほしければ、そう頼みたまえ」

「頼む？　懇願してほしいんでしょう？」ルアンはそう言い返したものの、心臓が激しく打っているのが自分でもわかった。

「そうさ。情のない男の心を動かすために、君がどんな哀訴をするか聞いてみたいものだ」

「ミスター・タルガース、イスールトは体があまり丈夫ではありません。彼女が風邪を引かないよう、目を光らせておきたいのですが」

「それならこうしよう。僕のことをエデュアードと呼んでくれたら、放してあげてもいい」

「大人げないことをおっしゃるのね」

「大人げないのは君も同じだ。僕が至って親切で、ごく普通の人間であるにもかかわらず、僕を危険人物のように扱うのだから」

「あなたが普通の人間ですって？」

「コーンウォール人としてはね。さて、どうして君が僕の前ではいつも気もそぞろなのか知りたくなってきた。ひょっとして君は、秘《ひそ》かに僕に好意を抱いているのか？　初めての恋の炎で軽い火傷《やけど》をしたものだから、二度と恋をするまいと誓ったのか？　誰しも人生に一度はそういう経験をするものだが」

「あなたもチャームに振られたときは、つらかったのかしら？」

「君の美しいお継姉《ねえ》さんなら、このシャトーの完璧な女主人になっただろうね。祖母の時代のように、週末ごとにパーティや舞踏会が催され、誰もが僕の選んだ花嫁を褒めそやしたことだろう。僕が義理の兄になっていたら、君は嬉《うれ》しかったかい？」

「わたしには関係ありません。もうサンシール家の人間ではありませんから」

「アヴェンドンにはもう戻らないのか？　それなら、夏が終わったらどうするつもりなんだ？」

「ロンドンに行って働きます」

エデュアードはルアンを見下ろした。中庭のランタンに照らされ、いかめしい顔がいっそう角張って見える。「ロンドンにはストラザーンがいる」

「ええ」

「そういうことなら、さっさとイスールトのところへ行かせてあげたほうがよさそうだな。その前にひとつだけ言っておく」

「なんでしょう？」

エデュアードは唇の端に笑みを浮かべた。「シャトーの内外は好きに探索してもらってかまわない。想像力の豊かな君なら、ここの美しさや来歴を存分に楽しむことができるだろう」

シャトーの中に足を踏み入れると、そこはいにしえの壮麗さがあちこちに残る別世界だった。ランプのともされた客間には分厚い絨毯《じゅうたん》が敷かれ、暖炉の炎が黄褐色の壁板を照らしている。らせん階段の上には回廊がもうけられ、調度はフランス風だ。マントルピースの前では、大きなアームチェアに座ったイスールトが暖炉で足を温めていた。

イスールトは満足げにシャトーの主《あるじ》に微笑みかけた。「ランスロット卿《きょう》の城に招かれた乙女の気分よ」

エデュアードも笑みを返した。「ルアンにも言ったが、好きなだけここに滞在してもらってかまわない。屋敷も庭園も浜辺も君たちのものだ。ただし、波が高いときは海の中には入らないように。セント・アヴレルの海は岩礁があって危険だからね」

エデュアードはルアンにスツールを持ってきた。

「座ってくつろいでくれ。すぐにミデヴィルがご自慢のホット・トディを持ってくるはずだ。僕はハウスキーパーのジャンシーと話をしてこよう」

エデュアードが行ってしまうと、ルアンはありがたく暖炉の前に腰を下ろした。今夜のように風の吹きすさぶ日は、どっしりした建物の中にいられるのが嬉しい。暖炉の火が心地よくはじけ、崖の下からは海鳴りが響いてくる。

「すてきな場所だと思わない？」肖像画が耳を澄ましているとでも言いたげに、イスールトが声を潜めた。「マントルピースの上に帆船の模型があるでしょう。あれは細かいところまで全部、エデュアードが彫ったのよ。去年パパとここに来たときは、まさかここに泊まることになるなんて思いもしなかったわ」

「ここに泊まるのは、コテージの修繕が終わるまでですからね」ルアンは釘《くぎ》を刺した。

「それでも一週間以上はかかるわ。ねえ、どうしてエデュアードが嫌いなの？　こんなに親切にしてくれるのに。それとも嫌いなふりをしているだけ？」

「親しくなるのに時間がかかる相手もいるの。アヴエンドンでは、彼は如才のない皮肉屋に見えたわ。でも、ここでは印象がまるで違う。どちらが本当のエデュアード・タルガースかわからないのよ」

「エデュアードはコーンウォール人だもの、ここにいるときのエデュアードのほうが本物だと思うわ」

ルアンは帆船の模型に目をやり、船長として甲板に立ち、次々と乗組員たちに命令するエデュアードの姿を思い描いた。風に乱れる漆黒の髪は日を受けて輝き、青い瞳は海の色を映していっそう鮮やかだったはずだ。そのむき出しに近い荒々しさがルアンは怖かった。エデュアードの前に出ると、強風を受けた柳の木が枝をしならせるように、つい逃げ腰になってしまう。

そのときミデヴィルが湯気の立つジョッキを二つ持ってきてくれたので、ルアンはほっとした。あたりにラムとスパイスのいい匂いが立ちこめた。

ルアンはありがたくラム酒入りのホット・トディを口に運んだ。「ミデヴィル、南の島が懐かしいでしょう？　あなたは故郷に帰りたいとは思わないの？」

ミデヴィルは記憶をたどるように少し考えこんだ。

「たしかに荒野にサトウキビは生えませんが、ここにだって海はあります。だからあたしは、あと五つの命が尽きるまで、ここで暮らしても幸せです」

「五つの命ですって？」

「七つのうち二つは、とうになくしたんです。ひとつ目は波打ち際の小競り合いで、胸にナイフを刺されたときに。ご主人様があたしを担ぎ上げて船まで運び、ナイフを抜いて傷をウィスキーで消毒してくれました。あたしは痛みで叫び声をあげ、おかげで息を吹き返したんです」ミデヴィルは真っ白な歯を見せて笑った。「二つ目は、鮫《さめ》に食われかけたとき。そのときもご主人様が、腹の減った鮫を追っ払って、あたしを船に引きずり上げてくれました。それで、あたしは思ったんです――この人のそばにいよう、この人と一緒にいれば絶対に安心だって」

　素朴な忠義心のあふれる言葉にルアンは心を動かされた。なぜ誰もがエデュアードに惹《ひ》かれるのだろう？　彼から逃げたくなるのはわたしだけのようだ。

　そのとき、当のエデュアードがジャンシーを連れて現れた。ジャンシーはルアンたちを二階の続き部屋に案内してくれた。間もなく二人は入浴をすませ、貸してもらったネルの部屋着に着替えた。

　自分の部屋のベッドは大きすぎるし、戸棚にねずみがいそうなので、イスールトはルアンに尋ねた。

「あなたのベッドで一緒に寝てもいい？」

「もちろんよ。さあ、いらっしゃい」

　食事のトレイを持ってきたジャンシーが、ルアンのベッドにイスールトがいるのを見て難しい顔になった。「お部屋がお気に召しませんか？」

「幽霊が出たらと思うと怖くて、一人では寝られないの」

「幽霊は悪さをしませんよ」ジャンシーはベッドにトレイを置いた。「面倒を引き起こすのは、いつだって人間です」

「わたしたちが来たせいで仕事を増やしてしまってごめんなさい」ルアンは謝った。「部屋は散らかしませんし、よければ料理のお手伝いもします」

「キッチンに手出しは無用です」ジャンシーは刺すようなまなざしをルアンに投げた。「それにコテージが土砂崩れにあったのは、あなた方のせいじゃありません。さあ、冷めないうちに召し上がれ」

　皿のカバーを取ると、小麦粉を練って小さく丸めたもの《ダンプリング》が入ったチキンシチューと、カスタードムースが現れた。

　ハウスキーパーが出ていくと、イスールトが口を開いた。「あの人、好きになれないわ。それにわたし、ダンプリングは嫌いなのに」

「鼻風邪に効くわよ」ルアンは力づけるように微笑んだ。「ついさっきまで、このシャトーに泊まるのが楽しみだと言っていたくせに、もう気持ちが変わったの？　ペンカーン村で宿をとってもいいのよ」

イスールトは慌てて料理を食べはじめた。「ここに泊まるほうがいいわ。ただ、夜がちょっと怖いのと、ジャンシーが苦手なだけ」

イスールトの大人ぶった取りつくろい方がおかしくて、ルアンは笑いをこらえた。「このシチュー、温かくておいしいわね」

「本当に。ねえ、エデュアードは、おやすみを言いに来てくれるかしら？」

「まさか！　いくらなんでも若い娘が寝間着でベッドにいるところに……」ルアンは言葉を切って唇を嚙《か》んだ。エデュアードなら、どんなことだってやりかねない。こんな格好を彼に見られると思っただけで、恥ずかしさで身が縮みそうだ。

誰かが廊下を通るたびにエデュアードの足音のような気がして、ルアンは緊張しっぱなしだった。だからジャンシーがトレイを下げに来て、ご主人様からの伝言があると言われたときには、心底ほっとした。〝今夜はゆっくりやすんでほしい。明朝ミスター・ストラザーンからの伝言を伝える。さらにミス・ペリーには特別に伝えたいことがある〟ということだった。

「この部屋に幽霊が出る心配はありませんよ。幽霊は、ご主人様がお使いの寝室のある塔に出ると言われていますからね」

そう言ってジャンシーが出ていくと、二人の娘は目と目を見交わした。

「エデュアードなら幽霊が平気でも驚かないわ」イスールトがささやいた。「それにしても、ルアンへの特別な伝言って何かしら？」

ルアンも気になった。エデュアードはロンドンでヒュー以外の人物に会ったのだろうか。

明かりを消して部屋が闇に沈むと、海の音がいっそう近くに迫ってくるように感じられた。

二百年の歴史があるこのシャトーは、もともと大家族のために建てられたものだ。それなのに、今このシャトーに住んでいるのは、たった一人の跡継ぎと、わずかな使用人のみ。かつてエデュアードはルアンに言った。〝君がコーンウォールに来れば、僕がどんな人間か教えてあげよう〟と。だが彼がどんな人間か、ルアンにはもうわかっていた。彼はこのシャトーで一緒に暮らしてくれるなら、どんな相手と結婚してもかまわないと考えるくらい孤独な男なのだ。きっと長い航海の間に、本当に愛せる相手には一人も巡り合えなかったのだろう。

ルアンが目を覚ましたとき、朝の光が部屋に差しこみはじめていた。時計を見るとまだかなり早い時刻だったが、ルアンは身のうちにうずうずしたエネルギーを感じ、今すぐ起きてシャトーを探索することにした。

まだ眠っているイスールトを起こさないよう、ルアンはそっとベッドを出ると身支度をすませ、できるだけ静かに部屋を出た。

遠くから波の音が聞こえてくる。ルアンは昨夜の客間に下り、窓から朝日が差しこんでくる方へ進んだ。ふと、廊下の花瓶に生けられた深紅のバラが目に留まった。

どこまでも広がるシャトーの庭園は、あちこちに四阿《あずまや》や彫像が点在していた。ルアンは夢中で庭をそぞろ歩き、気がついたときには、つるバラのからまるフェンスの前に立っていた。棘《とげ》だらけのつるに、びっしりと赤いバラが花をつけている。

小さな戸を開けて、ルアンはバラ園の中に入った。

こんなところに、こんな場所があるとは驚きだ。ティーローズの茂み。アーチに密生するつるバラ。ベルベットのような花びらを誇るダマスクローズ。色も形もさまざまなバラが競うように咲き乱れ、馥郁《ふくいく》たる香りを放っている。空にそびえるシャトーを背景にしたバラ園は、まるでおとぎ話が現実になったようだ。

ルアンは朝露の光るバラに囲まれてたたずんでいた。エデュアードもよくここを訪れるのだろうか? そういえば、廊下にバラが飾ってあった。手先の器用な彼は園芸も得意なのかもしれない。

反対側の戸口からバラ園を出ると、その先にはうねうねした小道が続いていた。やがてルアンは、海を見下ろす崖の上に出た。大波が小波をのみこみ、砕けた波頭がガラス片のように輝いている。

ルアンは崖っぷちに膝をついて、壮大な景色を見下ろした。潮風が髪をなぶり、唇を冷たく刺した。

波の合間に一頭のアザラシが泳いでいる。次の瞬間、それが人間だと気づいて、ルアンは小さく悲鳴をあげた。ルアンたちには危険だから海に入るなと言っておきながら、エデュアードが荒波をものともせず泳いでいるのだ。やがて、その黒い頭とたくましい体が、ふっと波の下に消えて見えなくなった。

ルアンは息を詰め、エデュアードが再び姿を現すのを待った。彼は体力もあるし、水泳が得意のはずよ。でも、もし海底の暗流に巻きこまれていたら? もし岩礁に頭をぶつけていたら?

ルアンは海鳴りとカモメの声を聞きながら、泡立つ海面をひたすら見つめていた。助けを求める手が、青い水着が、黒い頭が見えないかと目を凝らした。一刻一刻と不安が募る中、海に続くサンザシの小道から、深みのある歌声が近づいてきた。

「戸を開けておくれ、わが心の恋人よ
戸を開けておくれ、わが愛《いと》しき人よ……」

ルアンが立ち上がったのと、明るい空を背景にエデュアードが姿を現したのが同時だった。エデュアードは白いタートルネックセーターと細身の黒いスラックス姿で、手に水着をぶら下げている。

「やあ、おはよう。ずいぶん早起きだな」

「あなたこそ」ルアンは、いきなり目の前に現れたエデュアードに、彼が歌っていた歌に、そして海を知りつくしているはずのエデュアードを心配してしまった自分の気持ちに困惑した。

「いつも朝一番に泳ぐことにしているんだ」エデュアードはルアンのそばまで来ると、さっと彼女の頭に手を伸ばし、髪にからまっていた赤いバラの花びらを取った。「バラ園に行ったらしいね」

「かまわなかったかしら？」

「もちろんさ」エデュアードは不思議そうにルアンを見た。「僕は残酷な青髭《あおひげ》でもなんでもないんだ。君に隠すことなどひとつもないよ。それとも君は、醜い怪物の住み処《すみか》に秘密の花園があって驚いたのかな？」彼はにこにこ笑ってルアンを見ていた。

爽やかな笑顔に、ルアンはいつもほど怖さを感じなかった。恐怖を感じたのはむしろ、彼が海に潜っていたときのほうだ。ルアンは気まずげに口を開いた。「海の男に園芸の才があるなんて、珍しいのではないかしら？」

エデュアードは自分の手を見下ろした。「僕は昔から木や土にふれるのが好きだった。本当は彫刻家になりたかったが、それでは金を稼げないので船乗りになった」彼はまっすぐルアンを見つめた。「あからさまな言い方で驚いたかい？」

「いいえ。他人の手に渡ってしまったタルガース家のシャトーを取り戻さなければならなかったと聞いているわ」

「タルガース家といっても、目下のところ僕が最後の一人だ」シャトーを見上げるエデュアードの視線を追って、ルアンも目を上げた。おとぎ話に出てきそうな塔の上で、船の三角旗がはためいている。

「あれは僕のお気に入りの船、パンドラ号の旗だ。今はペリン港の設備で保管されている。いつまた海に出かけたくなるか、わからないからね」

航海を懐かしむ声の中に、もしシャトーに新しい家族を迎えられなければ、二度と陸に戻ってこなくてもいいと言っているような捨て鉢な響きが感じられた。エデュアードはわかっているのだろうか？建物だけがあっても家庭を築くことはできないことを。世界じゅうどこに行こうが、女性に辛辣に当たれば愛してなどもらえないことを。

そのときエデュアードの顔に笑みが広がった。さっきまでいかめしく見えた口元が急に優しくなったように思え、ルアンは彼という人がわからなくなった。

「人にはそれぞれ性格があり、それぞれ従うべき星がある。だが進む道は常にまっすぐとは限らない。それは海図に載っていない島を探すのに似ている。運よく目的の島を見つけることができれば、そこは天国だ。島が嵐に襲われるまでは」

ルアンの胸がどきどきしはじめた。「特別な伝言というのはタークィン・パワーズのこと？」

「ああ。ヒュー・ストラザーンの話では、パワーズは全快し、妻のいるアメリカに行ったそうだ」

張りつめた沈黙が訪れた。寄せては返す波の音だけが聞こえる。そのリズムに合わせて、ルアンを襲った苦しみはやがて鈍い痛みに変わっていった。とっくの昔にわかっていた――タークィンが、思いがけず許された晩餐《ばんさん》会のごちそうだったことは。今や宴のテーブルは片づけられ、会場のキャンドルも消されてしまった。ぞくりと身を震わせたとき、温かな手がルアンの手をつかんだ。

「朝食を作るから食べていくといい。あの塔の中に僕のアトリエがあって、調理道具も揃《そろ》っているんだ。園芸の才がある僕は、実は料理の腕もいいんだよ」

ルアンはバラ園に戻る小道をエデュアードの先に立って歩いた。背の高いエデュアードがすぐ後ろをついてくるのを、吹きつける風にまくれるスカートを彼に見つめられているのを、意識せずにはいられなかった。思わずルアンは走りだしたい衝動にかられ、それを察したエデュアードが笑い声をあげた。

「ルアン、君はいつも逃げてばかりいるんだな。ようやく君と少し心を通わせることができたと思ったのに。君はやはり僕のことが嫌いらしい。実は君に頼みたいことがあるんだが」

「頼みたいことですって？」ルアンはバラ園の戸口で振り返った。

エデュアードは苦笑して、バラ園の戸を開けた。

「その顔を見ると、よほど恐ろしい頼み事を想像しているらしいな。安心したまえ。別にキスでもプロポーズでもないから」

「そんな心配はしていません！」

「それならなぜ、そんな不安そうな顔をしているんだ？　キスされたら僕を平手打ちすればいいんだし、プロポーズにはノーの返事をすればいい」

「からかうのはやめてください」

「からかう？　僕が君にキスしたいと考えたら、そんなにおかしいのかい？　君にキスしたがった男は、僕だけではないだろうに」

「わたしをいじめてそんなに楽しいんですか、ミスター・タルガース？　きっとタークィンやヒューが、なぜわたしと親しくしたがったのか知りたいんでしょう？　気になるなら教えてあげますが、ヒューとはキスひとつしていません」

「でも、ハンサムな役者とはもう少し深い仲になったんだろう？」

「その話はしたくありません」思わずバラを握りし

めた拍子に棘が刺さり、ルアンは悲鳴をあげた。

すかさずエデュアードがルアンの手をつかみ、頭を下げて傷口を吸った。その間も、青く鋭いまなざしはルアンの顔を離れなかった。優しさにしろ残酷さにしろ、中庸というものを知らないエデュアードの荒々しい力を、ルアンはあらためて見せつけられた思いだった。

「ほら、これで大丈夫だ。僕の唇がふれても痛くはなかっただろう?」

ルアンは顔を赤らめた。エデュアードの言い方が、まるで愛の睦言《むつごと》のように聞こえたからだ。ルアンはつかまれていた手を引き抜くと、エデュアードを見なくてすむよう、傷痕を見下ろした。「これで頼み事を断れなくなってしまったわね」

「たとえプロポーズでも?」ルアンがぎょっとして目を上げると、エデュアードは大笑いした。「そんなに怯《おび》えなくてもいい。僕は、他の男を愛している娘に言い寄るような無駄なことはしない。タルガース家の男は、もっと勝算のある取り引きを好む」

いかにも手練《てだ》れの商人らしい口調に、いつものエデュアードに戻ったと知って、ルアンはほっと笑みを浮かべた。エデュアードは笑みを返し、バラ園を出る戸口を開けた。間もなく二人は、エデュアードのアトリエがあるという円錐《えんすい》形の塔にやってきた。

狭いらせん階段を上がっている最中に、大きな猫が足下をかすめ、ルアンはびっくりして息をのんだ。

「ティンカーだよ。パンドラ号で飼っていた猫だ。塔の屋根裏部屋でねずみを捕っていたんだろう」エデュアードはルアンの肘をつかんで支えた。力強いのに、不思議なほど優しい手つきだ。まるで、一輪の花を彫刻するときに一枚一枚の花びらを愛《め》でるかのようだ。

一筋縄ではいかない不思議な男性だ、とルアンは思った。アトリエに入るやいなや、ルアンは新たな驚きに見舞われた。円形の部屋は削った木の匂いがし、作業台の上にはさまざまな道具とともに、ブロンズの頭像が転がっていた。皮肉っぽい笑みを浮かべ、荒々しいエネルギーに満ちた顔――エデュアード自身の頭像だ。

「手に取って見てくれてもいいぞ」食器棚やコンロのある一角に向かいながらエデュアードが言った。

ルアンは頭像を見つめ、何かが足りないような気がして、キッチンのエデュアードに目をやった。フライパンに卵を落としていたエデュアードも、ちらりとこちらを振り返った。黒い睫《まつげ》に縁取られた、青い空を思わせる瞳がルアンをとらえた。そのとたんルアンは、この彫刻がモデルと違って生気に欠けている理由を悟った。

生身のエデュアード・タルガースは、その漆黒の髪から、がっしりした肩、そしていまだに甲板を踏みしめているような力強い足に至るまで、全身どこを取っても奔放なエネルギーに満ちている。

「ベーコンエッグでいいかい？」

ルアンはうなずき、お腹《なか》がぺこぺこなことに気づいた。「とてもいい作品だわ」

エデュアードは肩をすくめた。「とはいえ、モデルが醜男《ぶおとこ》だからな。そっちのカモメはどうだ？」

カモメは木彫りの作品で、自身の頭像より愛をこめて作られたもののように見えた。

「野生の生き物が好きなのね」

「驚いたような口ぶりだな」じゅうじゅう音をたてるフライパンを手にエデュアードは振り返った。「僕は飼い慣らされたものよりも、野性を残したもののほうが好きだ。そのくらい君も気がついていると――少なくとも察していると思ったよ」

「あなたの心を察するのは、いつも簡単とは限らないわ。今だって、あなたの頼み事がなんなのか、見当もつかないというのに」

「本当に？　普通の人間ならとっくに祭しがついているよと思うよ。僕は君に彫刻のモデルになってほしいんだ」

茫然《ぼうぜん》と立ちつくすルアンの前で、エデュアードは目玉焼きを皿に移し、今度はベーコンをフライパンに並べた。もうひとつのコンロでは、湯気の立つコーヒーポットから芳《かぐわ》しい香りが立ちのぼっている。

「どうしてわたしなんかにモデルを頼むの？　美人でもなんでもないのに」

「たしかに君は美人ではない。君をダイヤモンドや蘭《らん》の花に喩《たと》えることはできないだろう」

「チャームのことを言っているの？　わかったわ、わたしはチャームの代理なのね」ルアンは神経質な笑い声をあげた。

「君は野に咲く菫《すみれ》だ。そして森を流れる小川だ」エデュアードの瞳がきらりと光った。七つの海を渡ってきた船長の鋭い視線は、多くの女を見てきた中で、ルアンが誰よりも初心《うぶ》だと告げていた。「僕は君をモデルに、来ない王子を待つ傷心の人魚姫の像を作りたいんだ」

「いやよ！」ルアンは思わず叫んでいた。

「そうむきになって断らなくてもいいのに」

「どうしてこんな意地悪をするの？」

「僕のどこが意地悪なんだ？」

「これが意地悪でなくてなんなの？　未練と傷心にさいなまれているわたしを作品にするんでしょう？」

「君が見せる表情は魅力的だと思うが、それは生まれついて君に備わったものであって、思春期の苦悩とは関係がない」エデュアードは非難するように、左の眉を上げた。「君はもっと男のことを知らなければいけない。それに僕のこともね」ベーコンが焦げそうになったので、エデュアードはフライパンに向き直った。

ルアンの目は涙でちくちくした。彼女は慌てて目をしばたたき、涙をこらえた。エデュアードの前で泣くような真似《まね》はしたくない。この男性は、船と海と彫刻のうまい自分の手しか愛していない。彼はその器用な手を使って、冷たい心にふさわしい娘の像を作ろうというのだ。いいわ！　それなら、けっして彼の心を痛めない人魚姫のモデルになってやろう。

「モデルはいつから始めればいいのかしら？」

エデュアードはベーコンを皿によそい、コーヒーをカップに注《つ》いだ。「もし君の心が決まったのなら、明日からでも」

「これで、わたしたち二人が泊めてもらった、ちょうどいいお礼になるわね」ルアンは食事を始めた。

「あなたは有利な取り引きをするのがお上手だわ」

「僕が何もかも取り引きで手に入れると思っているのかい、ルアン？」

「違うかしら、ミスター・タルガース？　妻だって、お金で買えると考えているんでしょう？」

「たしかに、そうしようと思えば不可能じゃない」エデュアードは笑った。「長い航海の間に、真珠や山羊《やぎ》の群れと引き替えに女性が売られるところを見たこともある。君はそれをどう思う？」

「どうしてもわたしが売られる必要があるのなら、真珠と引き替えがいいわ。でも、ここはイギリスよ。野蛮な未開の国とは違うもの」

「そんなことが文明国では起きるはずがないと、本気で思っているのかい？」

皮肉まじりの口調に、ルアンは唇を噛んだ。チャームがしたたかな打算で結婚を決めたことを思い出したからだ。「わたしは愛による結びつきを信じたいわ。本当に長続きする幸せは、愛がなければ実現しないはずだもの」

「愛は君を幸せにしてくれたかい？」

「ええ、つかの間でもとても幸せだったわ」

「天国をかいま見たと思えるほどに？」

「そう言ってもいいでしょうね」

「ひょっとしたら、いつの日か君の目が開かれて、現実が見えるようになるかもしれない」

「あれは夢なんかじゃないわ！」ルアンは叫んだ。

「眠っている間は、夢だって真に迫って感じられる。目が覚めて初めて、それが夢だとわかるんだ。夢は現実ほど満足のいくものではない。夢にしがみつくくらいなら、現実を見すえたほうがいい」

「あなたには絶対わからないわ」

「ほう、そうかい？　どうしてそう思うんだ？」エデュアードは面白そうに尋ねた。

「もしわたしが実際に行ったことのないカトマンズの話をしても、現地を知っているあなたは、わたしの話を信じたりはしないでしょう？」

「つまり、僕は愛について語る前に、まず人を愛するべきだと言うんだな？」エデュアードはきらりと目を光らせ、ナプキンで口をぬぐった。「コーヒーのお代わりは？」

「いただくわ」

「僕のコーヒーがお気に召したようで嬉しいよ」

「あら、喉が渇いていただけよ」

「僕にそんな生意気な口を利くとは、君はよほど僕にお仕置きされたいらしいな」

「それなら、まずわたしを捕まえてごらんなさい」

「もちろんそのつもりだとも。君を捕まえて、お仕置きとしてキスをしてやる」

その言葉に、ルアンは心臓が一瞬止まりそうになった。真意を測ろうとエデュアードの顔を見たが、彼は下を向いていたうえ、朝の光が顔に影を落としていたので、表情が読めなかった。浅黒くて、力強くて、いかにもケルト人らしい顔……。口にした言葉は絶対に実行する男性の顔だ。ルアンの背筋をおののきが走った。

9

大波が打ち寄せては岩にぶつかり、盛大なしぶきを上げて砕け散る。これこそセント・アヴレルの音楽、城《シャトー》の心拍音だった。ルアンは浜を歩くたび、かつてここで貝を拾って洞窟に集め、立ち並ぶ岩を見張りの騎士だと考えた少年のことを思い出した。

どこに行ってもタークィンを忘れることはできず、波音に耳を傾けるたび、彼の声が耳によみがえった。

〝君に別れを告げる苦しみを僕が味わいたいと思っているのかい?〟

だが、さよならを言ったとき、彼はなんの痛痒《つうよう》も感じていなかった。そして今、大海原が二人の間を隔てている。

よけいなことを考えてはだめ。休暇のことだけ考えるのよ。ルアンは自分に言い聞かせた。とはいえ、思いがけないなりゆきから休暇はコテージではなくシャトーで過ごすことになり、しかも人魚姫の像のモデルまで務めることになった。ルアンがほっとしたことに、エデュアードはイスールトがアトリエに同席することを許してくれた。

ただ、ポーズをとるときに何を着るかという問題が残っていた。ルアンの手持ちの服は現代的すぎて、エデュアードのお眼鏡にかなわなかったからだ。海の霞《かすみ》をまとっているような、柔らかく体の線を包む服がいい、と彼は言った。

そういうわけで、屋根裏部屋から大きな白檀《びゃくだん》の箱をミデヴィルが客間に運んできた。木箱の中に上等のシルク生地がたっぷり詰まっているのを見て、ルアンもイスールトも驚きに息をのんだ。

「とある島のコーヒー農園主が婚礼の式を挙げるこ

とになって、花嫁の支度品を注文した。ところがパンドラ号が注文の品を届けに行くと、女性側の都合で婚約が破棄された、荷物は陸揚げせずそのまま持って帰ってくれと頼まれた。これはそのときの荷物だ。この中にきっと何か使えるものがあるだろう」

イスールトは子どものような無邪気さで箱の中をあさっていた。まだ若いイスールトには、精いっぱい美しい花嫁支度を準備したのに無情にも花嫁に逃げられた男の悲しみなど、わからないのだろう。

「ほら、これなんかすてきじゃない？」イスールトはエメラルドグリーンのシルクを体に巻きつけた。

「サリーはこう着るんだよ」エデュアードが巧みな手の動きでシルクをたくしこんだ。「ほら、これでいい。寺院の踊り子みたいに美しい」

イスールトが大喜びで跳ね回ったので、躍動する若い姿が客間の鏡にいくつも映しだされた。

ルアンのほうは繊細なチュール地を惚《ほ》れ惚《ぼ》れと眺めていた。

「なんてきれいな色かしら。まるで縁だけピンク色に染まった銀色の雲みたい。この布で、ギリシア風のドレスを作ったらどうかしら」

返事がなかったので、ルアンはエデュアードを振り返った。そのとたん、心臓がどきりとした。エデュアードが睨《にら》むように真剣なまなざしで、こちらを見つめていたからだ。

やがてエデュアードは物憂い笑みを浮かべた。

「そうしたまえ。長さの違う布をはぎ合わせて、ぼろを着ている感じにしてほしい。人魚姫は、愛《いと》しい王子に会いたい一心で浜辺をうろついている。荒削りなほうが感じが出るだろう」

イスールトがドビュッシーの音楽をかけた。

エデュアードはミデヴィルを呼んで、ワインを持ってくるように命じた。「めったにないお客が来たんだ。お祝いしなければ」

ご主人様が若い客と談笑している様子が嬉《うれ》しいのか、ミデヴィルは笑顔でうなずいた。

たしかにシャトーは他の家から離れているし、昔の知り合いとはつき合いがとだえてしまったそうだから、ここを訪れる客が多いとは思えなかった。

だが今夜は客間に音楽が流れ、あかあかと明かりがともっている。分厚いカーテンに隠されて、荒涼とした海も荒野も視界に入ってこない。ほどなくミデヴィルがワインの瓶を手に戻ってきた。

「これは祖父がフランスの葡萄《ぶどう》園で作らせたものだ」そう言ってエデュアードは、細かい銀細工がほどこされたガラスのデカンターにワインを注《つ》いだ。

「そのころのタルガース一族は伯爵家だった。祖母はしばしば大きなパーティを開き、晩餐《ばんさん》のテーブルに百人の客がつくことも珍しくなかったそうだ」

「さぞ豪華だったでしょうね」イスールトが目を輝かせた。「その栄華を復活させるつもりはないの、エデュアード？」

彼は首を横に振った。

ルアンは居間で見たエデュアードの祖母の肖像画を思い出した。金髪に青い目をした粋な女性だった。彼女がタルガース家の財産に大きな穴をあけ、その享楽的な性格を受け継いだ息子――エデュアードの父が、賭け事にうつつを抜かした結果、このシャトーは人手に渡ってしまったのだった。

エデュアードはデカンターと揃《そろ》いの小さなグラスにワインを注ぐと、二人に手渡した。

イスールトが叫んだ。「乾杯の言葉はわたしに言わせて！」

「もちろんだとも」エデュアードはうやうやしく一礼した。「僕は無骨な船乗りだ。美しい客人の要望には、なんなりと応えよう」

「無骨なんかじゃないわ。あなたはとっても気高くて勇ましいのに」イスールトが抗議した。

「お褒めの言葉をどうもありがとう」エデュアードは微笑《ほほえ》むと、優しい目でイスールトを見つめた。今はまだ女学生のイスールトも、二年もすれば、男性が思わず振り返るような魅力的な女性に成長するだろう。ヒューの娘として、彼女はこれからもシャトーを訪れるだろうし、話し相手のいない孤独なエデュアードも彼女を歓迎するだろう。

そこまで考えて、ルアンは少しどきりとした。イスールトはエデュアードへの好意をはっきり口にしているし、うら若い花嫁をもらう中年の男性は珍しくない。この二人が結婚したら……。気にするまいと思っても、その思いつきが脳裏を去らなかった。

イスールトはグラスを掲げた。「葡萄が実るのは、ワインとなって人を潤すため。そして女性が存在するのは、世界を愛で満たすため。乾杯！」

エデュアードもグラスを掲げた。最初はイスールトに向けて、それからルアンに向けて。だがルアンを見つめる瞳に浮かぶのは冷ややかな光ばかりで、イスールトに向けたような優しいまなざしは影も形もない。ルアンはワインを飲み、エデュアードが航海先から持ち帰った珍しい工芸品に目をやった。ガラスの蓋がついた陳列テーブルには、さまざまな色の翡翠《ひすい》細工、象牙を彫った小さな仏塔、魔除《まよ》けの文字が刻まれた護符などが並べられている。

ルアンは自分の指輪に目を落とした。このスカラベは、幸運ではなく不運を運んできたように思える。不吉な呪文でもかかっているのだろうか。

「翡翠細工のコレクションが気に入ったのかい？」

いきなり声をかけられて、ルアンはぎょっとした。

「ええ。翡翠にこんなにさまざまな色があるとは知らなかったわ」

「これを見ると行った先々のことを思い出すよ。川を下る花祭りの舟。打ち捨てられた寺院に響く鐘の音。金色の鯉《こい》が泳ぐ池」エデュアードはガラスの蓋を持ち上げ、透けそうなほど繊細な翡翠細工の桜の小枝を取り出した。「これはずいぶん古いものだ。見てごらん、後ろに留め具があって髪飾りになっている。古い中国の宮廷では、桜の花は愛の象徴だった。きっとこの簪《かんざし》をつけた中国の娘は、愛しい主人にお茶を運んだり、象牙の扇であおいでやったり、彼の詠む詩に耳を傾けたりしたことだろう」

ルアンは目を見張った。エデュアードが繊細な工芸品への愛や、異国の風習に関する知識を披露するたび、驚かされてしまう。「あなたは、そういう昔ふうの女性が好きなのかしら？」

「男の気まぐれに従順に応えてくれるような女性ということかい？　いや、僕はむしろ丁々発止《ちようちようはつし》の議論を楽しめる相手のほうが好みだな」

エデュアードは翡翠の簪を戻し、小さな黄金の仏像が飾りについた一対の金鎖を取り出した。

「これを記念にもらってくれ」彼は一方の金鎖をルアンの手のひらに置くと、もう一方の金鎖をイスールトの手首にうやうやしくはめた。テーブルの横に取り残されたルアンは、その様子を茫然《ぼうぜん》と見つめながら、手の中の仏像を握りしめた。

「まあ、エデュアード、とてもきれいだわ！」イスールトはエデュアードの首に腕を回し、爪先立ちになって日に焼けた頬にキスをした。「わたしが結婚できる年になるまで待っててくれる？　さもないとわたし、修道院に入っちゃうわよ」

エデュアードは声をあげて笑った。「君がその年齢になったら、若気の至りで修道院に入ると口走ったことを微笑ましく思い出すことだろう。そのころには、君は望むものをすべて手に入れているよ」

「本当に？　望みってかなうものなのかしら？」

「心の若さを失わない者の夢はかなうものだ。さあ、そろそろベッドに行く時間だよ」

「あら、まだ早い時間なのに」イスールトは文句を言った。

「もう十時を過ぎた」エデュアードはルアンをちらりと見やって言った。「昨夜《ゆうべ》は二人ともよく眠れたかい？　言い伝えによると、シャトーの幽霊はタルガース家の人間にしか取りつかないそうだから、君たちは安心して眠るといい。あの幽霊は僕と同じで、孤独な流浪者にすぎないんだ」

「でもコーンウォールはあなたの故郷でしょう？」

「たしかに僕はコーンウォールで生まれたが、心の絆《きずな》のないところは故郷とは言えない。さあ、二人とも、もうおやすみ」

「記念の品をありがとうございました」ルアンはぎこちなく礼の言葉を口にした。

「どういたしまして。よそから来た人に贈り物をすると、その家に幸運がもたらされるというからね。君は今でもよそ者の気分かい？」

どう答えたらいいのか、ルアンにはわからなかった。これまで除《の》け者にされていると感じたことは、数えきれないほどあった。だから、今でもちょっとした言葉や仕草で、簡単に疎外感を覚えてしまう。エデュアードはうわべの好意で、腕輪をくれたにすぎない。別にうやうやしく腕にはめてほしかったわけではないが、あんなふうに投げ与えるように渡されると、サンシール家での仕打ちを思い出さずにはいられなかった。チャームには甘い顔を見せてなんでも買ってやる継父も、ことルアンへの贈り物となると、面倒な義務としか思っていなかったからだ。

心からの贈り物でなければ、何も贈られたくなかった。それなのにうっかり受け取ったうえ、礼の言葉まで口にしてしまった。今夜のルアンはひどく気弱になっていたので、不意にエデュアードが近づいてきたとき、膝から力が抜けそうになった。

「どうした？」エデュアードは低い声で詰問した。

「僕が何か悪いことでもしたか？　違うだろう、ルアン？　僕は君を傷つけたりしない。僕はただの老いぼれたコーンウォール人だ。君が何を考えているか当ててみようか？」

「そんなこと、わかるはずがないわ」

「そうかな？　君はアヴェンドンで受けた仕打ちを思い出している。いつも日の当たらないところに控えて、華やかな他人の身の上を眺めることを強いられていた日々のことを。ところがその君にも、ちょっとしたドラマが訪れた。それなのに舞台の幕は下りてしまい、今の君はやり場のない怒りと傷心を抱えている。君はもう孤独な生活はまっぴらで、誰かに愛されたくてたまらないんだ。そうだろう？」

「よくもそんなことを」ルアンは力の入らない脚で必死にエデュアードから遠ざかった。「イスールト、部屋に帰るわよ」

「おやすみ、ルアン。いい夢を」エデュアードがわざとらしく言った。

「わたしは……」あなたなんか大嫌いと言いたかった。考えていることをすべて見抜かれ、どんな秘密も隠しておけないとわかって、ショックだったのだ。

「それ以上は言わないほうがいい。後悔するかもしれないから」

「あなたって人は！」ルアンは顎をつんと上げ、憤然とした足取りで客間を出た。階段を半分上がったところで、イスールトが追いついてきた。

「どうしていつもエデュアードと喧嘩《けんか》するの？」

「仕方がないのよ。彼はわたしが今まで会った中で、誰よりも押しつけがましい人なんだもの。いくら船長だったからって、いつまでも周りの人間に威張り散らせると思ったら大間違いよ」

「でも腕輪をくれたじゃないの。わたし、今夜はこれをはめたまま寝るわ」イスールトはうっとりと手首の金鎖を眺めた。「スペインでは腕輪は愛の証《あかし》なんですって。ひょっとしてエデュアードは、わたしたちのどちらかを花嫁にするつもりなのかしら？」

ルアンは自分がもらった金鎖をそっとナイトテーブルに置いた。小さな仏像がランプの明かりにきらりと光った。まるで、怒りは愚かであり、内省が叡《えい》智《ち》をもたらすと諭しているようだった。でもエデュアードには神経を逆なでされることばかりだ。チャームの辛辣な当てこすりにさえ、これほど怒りをかき立てられることはなかったというのに。

服を着替えているとき、今夜はイスールトが自分の部屋に行ってしまったことにルアンは気づいた。

ルアンはため息をつき、大きすぎるベッドに体を横たえた。馬が合う相手がいるように、虫が好かない相手もいることを、どうやったらイスールトにわかってもらえるのだろうか。エデュアードの前に出ると、自分が誰よりも初心《うぶ》で世間知らずの娘のような気にさせられる。タークィンとの愛は、人生で最も深遠な出来事ではなく、大人になるための一段階にすぎないと言わんばかりの態度には、腹が立って仕方がない。わたしにはもうタークィンとの思い出しか、すがるものがないのに。

ランプを消した拍子に、金鎖の仏像に指がふれ、ルアンは心に誓った。なんとかエデュアードと仲良くできるように頑張ってみよう。東洋の風習や工芸について語るときには、エデュアードが面白い人に思えるときもあるのだから。そういうときのエデュアードは教養が深く、穏やかにさえ感じられる。

ルアンは微笑んだ。〝穏やか〟だなんて、このシャトーの主《あるじ》には最も似合わない言葉かもしれない。

人魚姫の像のモデルを務める時間さえ終われば、ルアンとイスールトは、好きなようにシャトーで過ごすことができた。

エデュアードが二輪馬車を駆って、コーンウォールの名所に二人を連れていってくれることもよくあった。三人はまず、アーサー王の生誕地と言われるティンタジェル城を訪れた。切り立った断崖の上にある城跡は、まだ伝説が生きているような古いたたずまいを見せ、日暮れどきには幽霊がさまよい出てきてもおかしくない雰囲気だった。

六つの美徳を讃《たた》える小さな教会にも行った。六つの徳を六人の聖女に擬人化したステンドグラスを前に、ふとルアンはエデュアードに尋ねた。「あなたなら、六人のうち誰を選ぶかしら?」

「希望だな」エデュアードは答えた。「希望の聖女には、他の五つの徳も備わっているに違いない」

「信仰、希望、愛、正義、賛美、そして歓喜。これだけの徳を兼ね備えた女性は、きっと天使に違いないわ。まさかあなたは、天使を口説こうとは思っていないでしょうね、ミスター・タルガース?」

「エデュアードと呼んでくれ」

「エデュアード」ルアンは素直に言い直した。

彼はルアンを見下ろした。「天使のほうが、僕を口説いてくれるとは思わないのかい?」

「もし彼女があなたを愛していればね」ルアンはそっとエデュアードのそばを離れ、イスールトが見とれている騎士の石像の方へ移動した。

馬車であちこち出かけるうちに、三人は荒野に住む人々の噂《うわさ》になっていった。長年、海に出ていたエデュアードがシャトーに戻ったことは誰もが知っていた。〝ひょっとして、彼が連れている娘のどちらかが花嫁候補なのか?〟〝独身男の屋敷に若い娘が同居するなんて、けしからん!〟〝やはりタルガース家の男には、悪魔が取りついているのだ〟

噂が噂を呼び、荒野じゅうに広がった。その一端はエデュアードの耳に入ったかもしれないが、彼は表だって何も口にはしなかった。

三人はドズマリー・プールにも赴いた。伝説では、この静かな水をたたえた湖から、アーサー王が安息の地アヴァロンに旅立ったと言われている。そしてまた、聖剣エクスカリバーがここに投げこまれ、湖の底に沈んでいるとも言われている。烏《からす》が無気味に鳴きかわす中、イスールトとルアンは葦《あし》の揺れる水面を前に、言葉もなく立ちつくした。

「さあ帰ろう」エデュアードが促した。三人は幽霊が出そうな湖をあとにして、馬車に乗りこんだ。

「コーンウォールには気味の悪い場所もあるのね」イスールトが言った。

「ああ。コーンウォールは、ある種独特の美しさに満ちた不思議な土地だ」

ポニーが早足で荒野を進むと、風がエデュアードの髪を乱し、ルアンたちの頬を冷たく刺した。頭上には青白い空が広がり、風であちこちの曲がってしまった木々や、ヒースやハリエニシダの茂みが見える。

たしかにこの土地は、人の手に飼い慣らされていない美しさに満ちている。人は知らぬ間に、この地の魅力にとらえられてしまうのだ。

その魅力は美しくもあり、そして危険でもあった。人魚の歌に惑わされた船が、岩に座礁してばらばらになってしまうように。

次に訪れたコンスタンティン湾は、どこまでも砂丘の続く、絵のように美しい場所だった。エデュアードは鞭《むち》の持ち手を使って砂から読み取れる占いめいた言葉を面白おかしく語ったものだから、ルアンもイスールトも大笑いした。その声に、ランチの残りを恵んでもらおうと寄ってきたカモメたちが驚いて飛び立った。

「ギョリュウの木を見ると、熱帯の島々を思い出す」潮風に枝をそよがせるギョリュウを見ながら、エデュアードが言った。「そこでは日光があまりに強烈なので、真っ白な壁に映った影は、まるで刻んだようにくっきり浮かび上がって見えるんだ」

「あなたは南の島に戻って、ゴーギャンのような夢想家の暮らしをしたいんでしょう？」膝を抱えて砂の上に座ったイスールトが言った。

「ゴーギャンは夢想家ではない。彼は、われわれが必要だと思いこんでいる文明の虚飾を剥ぎ取り、人間が根源的に持っている切望を、素朴な手法で描き出してみせたんだ」

ルアンは波打ち際に立って二人の会話を聞きながら、ミヤコドリが海面すれすれに飛ぶ様子を見つめていた。またしても、エデュアードが苦労して取り戻したシャトーをあっさり捨て、南の島々——ルアンにはその美しさを想像することしかできない宝石のような島々に戻ってしまいそうな気がした。

「ごらん、あそこでアザラシが日光浴をしている」エデュアードがしなやかな動きで立ち上がった。

「たしか伝説では、アザラシは人魚が姿を変えたものではなかったかしら」そう言ってルアンはエデュアードを振り返った。波しぶきを浴び、髪を風に乱したルアンの姿に、エデュアードは鋭い一瞥《いちべつ》を投げた。青い目のまなざしにさらされて、電流のようなうずきがルアンの体を走った。南の島の波打ち際で、笑いさざめく娘を抱え上げ、秘め事のためにすぐそばの小屋に運んでいくエデュアードの姿が、脳裏にありありと浮かんだからだ。

「そんなふうに風に髪をなびかせて波打ち際に立っていると、君が人魚に見えるよ」

「心にもないお世辞をありがとう」

「僕はお世辞を言っているつもりはない」彼の低い声は、驚くほど優しかった。「人魚は、人をおびき寄せて誘惑する存在だ。そして船乗りは、普通の人間よりも人魚の誘惑を受けやすいと言われている」

ルアンは返答に詰まり、さりげなく彼から目を離す術《すべ》はないかと思案した。太陽がさんさんと照る海辺にいると、いかめしい顔立ちのエデュアードが魅力的に見えることに不意に気づいてしまったからだ。はだけたシャツの襟元にのぞく日焼けした肌。鍛え上げた鉄さながらに黒光りする髪。人生の重荷にけっして屈することのない、がっしりした肩。

アザラシが大きな水音をたてて海に飛びこみ、目にも留まらぬ速さで潜っていった。おかげでルアンはうまくエデュアードから目をそらすことができた。

「人魚が海の宮殿に戻っていったわ」ルアンはかすれた声で言った。

「きっと王子様に会いに行ったのよ」イスールトが爪先立ちになって一回転した。「ねえ、明日は、アーサー王の宮殿があったというキャメルフォードに連れていってくれない？」

「お嬢さんの仰せのままに」エデュアードは海のように青い瞳で、優しく微笑んだ。

「嬉しい！」不意に恥ずかしくなったのか、イスールトは目を伏せて、砂浜の巻き貝に手を伸ばした。

ところが中から小さな蟹《かに》が這《は》い出てきたものだから、イスールトは悲鳴をあげて貝を取り落とした。蟹がちょこちょこ歩くのを目で追っていたルアンは、少し離れた断崖の岩穴に、ぼろぼろの羽根のかたまりがあるのに気がついた。近づいてみると、翼を傷めたカモメが身を隠すようにうずくまっている。カモメはけがをした仲間をいじめると聞いていたので、ルアンはなんとか助けられないかと思い、さらに近づいた。

ルアンが岩に登って穴に手を伸ばすと、カモメは警戒して、鋭いくちばしで攻撃してきた。

「ルアン」たくましい手がルアンの腰をつかみ、登っていた岩から砂浜へと下ろした。

「かわいそうに、あのカモメはけがをしているの」

「そのくらいは見ればわかる。僕なら君と違って、目玉をえぐられずにカモメを捕まえられる」だが、さすがのエデュアードもカモメをつかむとき反撃に遭い、手首に傷を負う羽目になった。

「シャトーに連れて帰ったら、ミデヴィルが折れた羽を直してやれるだろう。あいつは野生動物の世話に慣れているんだ。いつだったか、パンドラ号に傷ついたペリカンが乗っていたことがある。そうそう、鼻をけがした子象を運んだこともあった」

エデュアードはカモメを抱えていたので、代わりにルアンが御者席で手綱を取った。イスールトはもっと象の話を聞きたがった。象はタイの商人からの贈り物だったが、パンドラ号に乗せるには大きくなりすぎたので、最後は動物園に寄付せざるを得なかったということだ。

「残念だったよ。荷物を積み下ろしするときに、とても役に立ったからね」

シャトーに着くと、さっそくミデヴィルがカモメの手当てに取りかかった。ルアンはエデュアードの手首の傷を手当てすると申し出た。わりと深い傷だったし、野鳥につつかれた傷なので、きちんと消毒しておかないと化膿《かのう》するかもしれないと思ったのだ。

アトリエに救急箱があるという話だったので、ルアンとエデュアードはそこに向かった。午後の光しか入らないアトリエは薄暗かった。エデュアードがランプのスイッチを入れ、棚から救急箱を出した。

エデュアードの手を取って傷を消毒する間、ルアンはひどく彼を意識していた。薬がしみてかなり痛むはずなのに、エデュアードはうめき声ひとつあげない。むしろ手当てをするルアンのほうが、妙にたじろいでしまった。目を上げると、エデュアードは口元をゆがめ、いつもの苦笑を浮かべた。

「君の手つきは冷静で、それでいて優しい」彼はつぶやいた。「看護師になろうと思ったことは?」

「ヒューにも同じことを言われたわ」ルアンは傷の上に絆創膏《ばんそうこう》をあてがい、そっと貼りつけた。「わたし、手に職をつけたほうがいいかしら? この休暇が終わったら、ヒューの勧めるロンドンの病院で見習い看護師になるのがいいかもしれないわね。ヒューなら喜んでわたしを――」

「君も彼に好意を抱いているのか？　若い女性は医者に弱いというからな」

「船乗りが人魚に弱いように？」ルアンは微笑んだ。

次の瞬間、エデュアードにぐいと腰を抱き寄せられ、ルアンははっと息をのんだ。

エデュアードの目はらんらんと光り、いかめしい顔にはらりと落ちた黒髪が、いやがおうでも荒々しさを感じさせる。

「君に傷の手当てをしてもらったお礼をしようか」エデュアードの声はぞっとするほど低かった。「昔ながらのやり方――口づけで」

10

ルアンは激しい鼓動をこらえて必死でもがいたが、エデュアードの腕から逃れることはできなかった。彼の唇はルアンの首筋から耳たぶをかすめ、やがて抗議の声をのみこむように彼女の唇に重ねられた。

エデュアードの唇はかすかに海の味がした。遠い潮騒《しおさい》が聞こえたような気もした。キスの嵐が吹き荒れる間、ルアンはエデュアードに身を委ねる以外、どうすることもできなかった。ようやく口づけが終わったとき、ルアンはヴィクトリア朝時代の貞淑な女性が唇を奪われたときのようなショックに身を震わせていた。怒りのあまり、ルアンは思わず拳《こぶし》をつきだし、エデュアードの頬をぶっていた。

エデュアードは声をあげて笑い、あざけるように言った。「誰を罰しているつもりだ？　僕か？　それとも君自身か？」

「あなたなんか大嫌いよ！」

「パワーズにキスされてうっとり夢の国でまどろんでいた君を、僕が無理やり目覚めさせたからか？　あの男のキスだけが特別で、他の男のキスには何も感じないとでも思っていたのか？」

「あなたはキスを無理強いしたわ」

「奪われたキスのほうが自発的なキスよりもずっと甘いことだってある。本物の女なら、そして気骨のある男なら、そちらを喜ぶはずだ」

「違うわ！　あなたが求めているのは、ただの恋のたわむれよ。パパイヤを木からもぐような、いっときの快楽が欲しいだけなのよ。でもここは南洋ではないし、わたしはパパイヤ娘じゃないわ」

エデュアードはいつもの皮肉っぽい苦笑を浮かべた。「どうやら君の中で僕のイメージがすっかりできあがっているらしいな。十五年の航海の間、僕が行く先々で欲望の赴くままに女と関係を持ってきたとでも？　僕だって聖人ではないから、そんなことが一度もなかったとは言わない。それでも船出するときに女を泣かせたことは一度もないぞ」エデュアードはルアンを放した。

涙にかすむルアンの目に、彼が赤ワインを二つのグラスに注《つ》ぐのが見えた。

エデュアードはグラスのひとつを差し出した。

「これを飲むといい。少しは気分が落ち着くだろう。大嫌いな男に唇を奪われるなんて、そうそう経験することではないだろうからな」

「昼間からワインですって？」

「忘れたのかい？　僕はタルガース家の男だ。祖母《ばあ》は朝食にシャンパンを飲んでいたんだよ」

「きっと、あなたはお祖母様に似たのね」

「勝手放題にやるところが?」

「自分の欲しいものがよくわかっていて、固い決意でそれを手に入れるところよ」

「たしかに僕は頑固だが、手に入れられるものの限度はわきまえているつもりだ。僕には夢がひとつある。だがケルト人である僕は、ある種の望みは運命の手に委ねなければいけないこともわかっている」

「たしかあなたは、夢は現実ほど満足のいくものではないと言ったわね」

「もし夢が夢のまま終わるならね。それなのに僕は人生で初めて、求めるものに手を伸ばすのが怖くなった。夢を実現しようとしてすべてを失うくらいなら、かなわぬ夢を胸に抱いているほうがましだと思うようになった。若いころは、こんな思いにとらわれることはなかったのに。いつだって思いきりよく行動していたし、明日がどうなろうが平気だった」

「それはきっと、あなたがパンドラ号に乗ってどこへでも行けたからだわ」

「今でもパンドラ号は僕の船だ。僕はいつでも、夢だけを積み荷に出航できる」

エデュアードは作業台の上に置かれた白と黒のパズルのピースをもてあそんだ。「人生は光と影、昼と夜からなっている。光が欲しいと思ったら、夜が明けて太陽が出るまで待たなければいけない」

エデュアードは勢いよくルアンを振り返った。

「笑うがいい、ルアン! タルガース家の男が珍しく感傷的な弱音を吐いたのだからな」

だがルアンは笑う気にはなれず、窓辺から海を見下ろした。太陽がかげり、城《シャトー》の周囲に灰色の陰が迫っていた。冬になったら、冷たい海に囲まれたこの地がどれほど荒涼とした風情になるか、想像に難くなかった。

振り返ると、エデュアードが粘土の人魚姫の像を覆っていたモスリン布をはがしているところだった。

けげんな顔のルアンに、エデュアードは言った。

「三十分でいいからモデルをしてくれないか。君がコテージに帰る前に仕上げてしまいたいんだ」

ルアンはレザーのクッションにもたれると、すっかり馴染《なじ》みになったポーズをとった。心がさまようがままに物思いにふけっていると、チャームのことが心に浮かんだ。チャームは美人だが、エデュアードがしりごみするほど手に入れにくい女性とは思えない。チャームなら、エデュアードはサイモンの手からやすやすと奪っていたことだろう。

エデュアードは〝ともに暮らす相手を探している〟とチャームは言っていた。〝あなただってプロポーズしてもらえたかもしれないのに〟と。

だがチャームは間違っていた。エデュアードには秘《ひそ》かに想《おも》う相手があり、しかも相手の気持ちを測りかねている。もし彼女の心をつかめなければ、彼は潔くパンドラ号で航海に出るつもりらしい。彼がそんなに大切に想う女性とはいったい誰なのだろう？

「もういいぞ。楽にしてくれ」ルアンの物思いを破って、エデュアードの声が聞こえた。

ルアンはぞくりと身を震わせ、体が冷えきっていることに気づいた。左足はしびれて感覚がない。不意に強い風が吹きつけて、塔の窓を揺らした。

「暴風になりそうだな」

「大嵐が吹き荒れているときに、船に乗っているのはどんな感じなの？」ルアンは尋ねた。

「恐ろしいよ。でも危険が去ったあとほど、生きているすばらしさを実感できるときはない。いつだったか、暴風に遭ったパンドラ号が、小さな島に漂着したことがあった。平穏な航海の途中なら気づかずに通り過ぎるような島だったが、あのときはこの世の楽園だと思ったよ」

「つまり、あなたは危険や悲嘆を経験しなければ、生きている喜びを味わえないというのね？」

「まさにそのとおりだ。船長になろうと思ったら、まず船員にならなければいけないし、淡い恋を経験しなければ、本物の深い愛を知ることはできない」

それ以上聞きたくなくて、ルアンは部屋に駆け戻り、エデュアードを締め出すようにドアを閉めた。エデュアードは追ってこなかったが、彼の言葉はルアンの脳裏を去らず、ますます荒くなる波の音も風の音も、それをかき消すことはできなかった。

夕食の間も暴風は勢いを増していった。エデュアードは同席せず、給仕するジャンシーの顔も心なしか険しかった。ルアンとイスールトは食後しばらく客間に残っていたが、突風が吹くたびに窓が揺れて恐ろしくなったので、早々に部屋に引き上げてベッドに入ることにした。

途切れ途切れの眠りを破って、無気味なサイレンが鳴り響いた。ルアンは驚いて飛び起きた。

イスールトが部屋に飛びこんできた。「ルアン、大変よ。あれは船が座礁したことを知らせるサイレンですって。エデュアードとミデヴィルが救助に向かったわ」

「救助された乗客がシャトーに運びこまれるかもしれないわ。ジャンシーを手伝って、食べ物とベッドの支度をしましょう」

二人は先を争ってキッチンに向かった。漁師の娘だったジャンシーはこの手の非常事態には慣れているらしく、至って冷静だ。ジャンシーの話では、コーンウォール人が救助に向かえば、海で死傷者が出ることはめったにないとのことだった。

真夜中になると、イスールトは疲れて客間のソファで眠ってしまったが、ルアンはジャンシーと忙しく立ち働いていた。大鍋にはスープが煮え、ポットにコーヒーも入っている。テーブルにはサンドイッチが並び、あるだけのベッドの支度ができていた。

救助された乗客たちが間もなくこのシャトーにやってくるはずだ。さっき顔を見せた救助隊員の話では、座礁したのはアメリカの小さな客船で、船腹をひどく損傷し、すでに傾いているらしい。幸い乗客はみな救命艇に乗り移り、すでに浜に向かっているそうだ。乗客を浜に降ろしたら、救命艇はあらためて乗員の救助に向かうとのことだった。
ルアンとジャンシーは心配そうに目を見交わした。あと一時間もすれば、船は半ば海に浸《つ》かってしまう。乗員の救助が危険な作業になるのは間違いない。

　三十分後、寒さで震える乗客たちが、わずかな手回り品とともに到着した。

　彼らが暖かい客間に案内されてきたとき、ルアンはコーヒーと毛布、それに慰めの言葉で迎え入れた。二人いた子どもたちは、すぐさま着替えさせ、湯たんぽの入ったベッドに入れて寝かしつけた。一眠りして元気を取り戻したイスールトも、食べ物を配りながら、あれこれ質問をしていた。

　無事に乾いた地面にたどり着くや、ほっとした乗客たちはてんでに話しはじめた。ルアンは手を忙しく動かしながら、熱心に耳を傾けた。ある女性は、乗客の中でただ一人、乗員たちと船に残った男性のことを心配していた。

「彼は救命艇が定員オーバーになると言って、どうしても船を離れなかったの。神のご加護があれば、必ず助かるはずだからって」

「とても勇敢な方ですね」ルアンは女性の肩に毛布をかけてあげながら言った。

「あなたたちイギリス人は、ふだんは控えめなのに、ここぞというときは底力を発揮するのね。船に残った男性も、とてもハンサムなイギリス人だったわ」

　午前二時半には、救助された乗客はすべてベッドに案内され、客間は静かになった。イスールトはあくびをしたが、どう説得しても自分のベッドに戻ろうとはしなかった。「エデュアードが無事に帰ってくるまでは、起きて待ってなくちゃ」

「ミスター・エデュアードなら大丈夫ですよ」ジャンシーが言った。「ずっと船乗りだったお方ですからね。ここらへんの男たちはみんな、無骨で頑丈なのが取り柄なんです」

時計が三時を打った。ルアンはどきりとして身を震わせた。潮が高くなり、救助活動は難航しているに違いない。どうか乗員も、一人残ったという乗客も、救助に向かった隊員たちも、全員が無事でありますように。ルアンは神に祈った。

風の勢いがおさまり、曙光《しょこう》が空を染めるころ、静けさを破って男性たちの声が聞こえてきた。疲れがにじんでいるものの、一仕事終えた安堵《あんど》感からか、大きな笑い声さえ聞こえる。

間もなく客間は、特大のサンドイッチや温かいスープやコーヒーを豪快に飲み食いする、体格のいい男性たちで活気づいた。

ルアンは男性たちに毛布を手渡しながら、エデュアードの姿を探した。エデュアードはいなかったが、戸口に立つ男性がルアンの目を引いた。それが誰かわかったとき、ルアンの口から押し殺した叫びがもれた。

その男性がふと目を上げて彼女を見た。「ルアン！」

「タークィン！」ルアンは自分の目が信じられなかった。人混みをかき分け、タークィンに手をふれて初めて、これは夢ではないのだと実感できた。「船に残った乗客というのは、あなただったのね！」

「信じられない。ルアン、君は本物かい？」

「もちろんよ」目の前にいるのは、出会ったときそのままの、明るいグレーの瞳を輝かせたタークィンだ。「わたしがルアンだとわかるのね」

「君を見た瞬間にわかったよ」

「でもあなたは、ずっとわたしのことを忘れていたのよ――劇場に雷が落ちたときから」

「そこが不思議なんだ。でも今、何もかも思い出した。ああ、ルアン……僕のかわいい妖精！」

「無事で本当によかったわ。船が座礁して、さぞ恐ろしかったでしょう。今、毛布を持ってくるわね」

「いや、僕なら大丈夫だ」タークィンはルアンを引き留めた。「それより、もう少し話をしてくれないか。君はここで何をしているんだい？　ここはエデュアード・タルガースの屋敷だと聞いたが」

「ええ。彼は今、救助隊の手伝いに行っているわ」

「背が高くて色の黒い男だろう？　彼なら救助隊員三人分の働きをしていたよ。今はたぶん、レイク船長と一緒だと思う。浜辺には沿岸警備隊や警察も来ていたが、あの男は誰よりも偉そうに現場の指揮を執っていた」

ルアンは微笑を浮かべた。「彼らしいわ」

「ところで、君がコーンウォールで何をしているのか、まだ教えてもらっていないよ」

「わたしはイスールト――あそこでスープをよそっている娘さんの夏の間の付き添いをしているの」ルアンはタークィンの目を見つめた。「あなたはアメリカに行ったと聞いたわ。エデュアードの聞いた話では――」

「エデュアード？」タークィンはからかうように言った。「あの男が無事だと聞くまで、君は顔色も悪くて、ずいぶん心配そうだった。君はあの男が嫌いだったんじゃないのか？　そもそも彼は、お継姉《ねえ》さんの恋人だったんだろう？」

「違うわ」自分でも驚くほどきっぱりした否定の言葉が出た。「継姉《あね》はただの気慰みだったの。あなたにとってのわたしがそうだったように」ルアンには笑みを浮かべる余裕さえあった。

「そんなことはない」タークィンは反論した。「僕たちが二人で過ごした時間は、まるで休暇のようにすばらしかった。キスを交わせば、太陽が空に姿を現したように心も明るくなった」

「でも、愛は嵐なのよ」ルアンは言った。「太陽の照る日ばかりじゃないわ。愛とは、バラが花開くときもあれば、しおれるときもあると知ることよ。わたしたちは、うららかな時間しか求めなかった。その先まで考えてはいなかったわ」

「あのときは、それ以上のことを考えることは不可能だった」

タークィンの目が悲しそうに曇るのを見て、彼がアメリカから帰国した理由をルアンは悟った。

タークィンはうなずいた。「ニナは静かに息を引き取ったよ」

「お気の毒に」

「でも、これで僕たちは大手を振ってローマに行ける。今度こそ一緒にローマに行こう、ルアン」

「休暇中の付き添いとして?」ルアンは大人びた笑みを浮かべた。孤独だったアヴェンドンの娘にとって、タークィンが持っていた魅力が何だったか、すべてわかったような気がした。今になって考えると、王子様のキスは、ルアンを半分しか目覚めさせてはいなかったのだ。

「きっとお腹《なか》がぺこぺこでしょう? ジャンシーに言って何か食べるものを持ってきてもらうわね」

「ルアン――」

だがルアンはすでにタークィンに背を向けていた。ルアンはジャンシーのところへ行って、こう言った。「戸口のところのハンサムな方は、何か食べるものが欲しいそうよ。わたしは熱いスープか何かを水筒に入れて、浜に持っていくわ。きっとミスター・タルガースは冷えきって、お腹もぺこぺこでしょうから」

ジャンシーは温かい笑みで応えた。「わたしも誰かに頼んで、ご主人様に飲み物と食べ物を届けなければと思っていたところですよ」

一晩じゅう吹き荒れた暴風はやんだが、あたりには夜明けの霞《かすみ》が立ちこめ、鬱蒼《うっそう》とした木々がまるで幽霊のように見えた。浜へ下りる小道を行くルアンの真っ赤なレインコートだけが、モノトーンの景色の中で一点の彩りだった。

小道の曲がり角にオークの大木があった。晴れた朝には、海を見下ろす絶好のポイントだ。その曲がり角にさしかかったとき、木の向こうで何かが動いて、ルアンは小さな悲鳴をあげた。太い幹の向こうから背の高い人影が現れたのだ。防水帽をかぶっていなければ、夜明けの亡霊と思うところだった。

二人は渦巻く靄《もや》の中で見つめ合った。

濡《ぬ》れた髪が黒く光り、早朝の空のように青く澄んだ瞳がルアンを見つめていた。

相手が黙ったままだったので、ルアンはチキンサンドイッチと熱いコーヒーの入ったバスケットを掲げた。「温かい食べ物を持ってきたわ」

「君が自ら運んできてくれるとはね」二人きりで話すときの、ぞくりとするほど低い声でエデュアードは答えた。「君はてっきり旧友と昔話に花を咲かせていると思っていたよ」

「乗客も乗員もみんな無事だったなんて奇跡だわ」

「とりわけ君にとっては奇跡に違いないだろうな。あの船にタークィン・パワーズが乗っていたんだから」

「ええ」ルアンは木の下にたたずむエデュアードに近づいた。「コーヒーを注ぎましょうか？　あなたの好きな甘くて濃いコーヒーを淹《い》れてきたのよ」

「今朝はずいぶん親切なんだな。君の恋人を僕が救ってやったお礼かい？」

「そんな言い方はやめて」

「君は僕に〝やめて〟しか言わない。あの男にはなんと言ったんだ？」

「無事で嬉《うれ》しいと言ったわ」いきなりオークの木に押しつけられ、ルアンはバスケットを取り落として悲鳴をあげた。「何をするの、エデュアード？」

「なるほど君は嬉しいだろうとも。それで、君たち二人はいつローマに出発するんだ？　察するに、あの男の記憶も戻ったらしいな？」

「どうして、そんな意地悪なことばかり言うの？」不意に張りつめていた緊張の糸が切れ、ルアンの目に涙があふれた。「あなたが無事かどうか、一晩じゅう心配でたまらなかったのに」

「心配だと？　僕のことが？」エデュアードはルアンの顔をつぶさに見つめ、頬を伝う涙がえくぼの中に消えるのを見守った。「泣いたり笑ったり、君はおかしな娘だ。パワーズがいるのに、なぜわざわざ僕のところに来る必要があるんだ？」

「本当に、どうしてかしらね。彼はあんなにハンサムで、しかも、今はもう独身なのに」

「そうなのか？」エデュアードの目が険しく細められた。「すると君は、これから毎日あの男にコーヒーを淹れてやるんだな。未来の花嫁からキスをひとつ恵んでもらったら、パワーズは怒るだろうか？　人助けをしたヒーローは、キスくらいしてもらっても罰は当たらないだろう？」

「ひどい人！」

エデュアードは声をあげて笑った。そして大きく枝を広げたオークの下でルアンを抱きしめた。唇が重なったとき、ルアンは嵐のような天国を味わった。唇がエデュアードの唇は力強くて温かく、かすかに塩の味がした。ルアンはすべてを忘れてエデュアードに身を委ねた。昨夜アトリエで聞いた、彼の想い人のことさえ頭に上らなかった。

「ルアン」波のささやきのようにエデュアードは彼

女の名を呼んだ。「このキスのことはパワーズに黙っていたほうがいい」

「もちろん言わないわ」ルアンはささやき返した。

「彼は間もなくシャトーを発《た》って、ローマに行くはずだから」

「君もそこで彼と落ち合うんだろう?」

「いいえ。わたしはコーンウォールに残るわ。ここでイスールトのお目付役をして、人魚姫の像のモデルをするの」ルアンは少し身を離すと、エデュアードの目をのぞきこんだ。「あなたが秘かに大事に想っている女性って誰かしら? 彼女に想いが届かなければパンドラ号で旅立つつもりでいる、あなたの想い人が誰なのか、よければ教えてほしいわ」

「君には知る権利があるだろうな」エデュアードはルアンの目にかかった赤毛を優しく払いのけた。

「彼女は、僕よりもずっと若い。その瞳は豊かな感情で生き生きと息づき、唇はキスを待つバラの花びらのようだ。とても心優しい一方で、負けん気も強い。二度目に彼女を見たときには、そのまま彼女をシャトーへさらっていきたくなった。でも当時、彼女は星の光に目がくらんでいて、他のものが何も見えていなかった。僕は彼女にちゃんと僕を見て、僕を愛してほしかったんだ」エデュアードはいったん言葉を切ったあと、静かに続けた。「もし君が、自分から僕を愛してくれなければ、僕はパンドラ号で船出するつもりだった。もし君が今でも僕を愛せないのなら、僕はいつでも君への想いだけを積み荷に出航できる」

「わたしですって?」ルアンはつぶやいた。

「そうだよ。マスク劇場のロビーでそっけなく肘鉄を食らわされた瞬間から、僕は君のことが忘れられなくなった」

「でも、あなたはチャームに会うためにアヴェンドンへ来たはずなのに」

「僕はルアンという名の娘に会いに行ったんだ。スティーヴン・サンシールから君の話を聞いて、君の名前に魅せられた。そして君が名前に負けないくらい、珍しくて愛らしい女性かどうか知りたくなったんだ」エデュアードの顔に大きな笑みが浮かんだ。「ケルトの血が流れている君なら、予知能力があるはずだ。僕が君を想っていることに気づかなかったのかい？」

「でも、あなたはイスールトには優しくするのに、わたしにはずっとそっけなかったわ」

「イスールトはまだ子どもだ。男は愛する女性を前にすると、思いの強さにがんじがらめになって、つい冷淡な態度をとってしまうものなんだ。君に男心というものがわかってさえいれば――」

「今はわかっているわ！」

そのとたん世界が明るくなった。雲も霞も消え、荒々しく岩を打つ波の音も聞こえなくなった。東の空から太陽が顔を出し、小鳥たちが鳴きかわしはじめた。

「さっきタークィンの無事な姿を見たときは嬉しかった。でもあなたが無事だと聞いたときほど、生きている喜びを感じたことはなかったわ。ロマンティックな恋を経験しないと、本物の深い愛を味わうことはできないのよ、エデュアード。あなたこそ、わたしの愛する人よ」

聞きたくてたまらなかった言葉をようやく耳にして、エデュアードは目を輝かせて優しくルアンを抱き寄せた。

二人は寄り添ったまま、朝日が昇るのを見つめた。今日はいい天気になりそうだ。そして二人がこれから過ごす日々も、孤独とは無縁のものになりそうだった。

「エデュアード」ルアンはささやいた。「あなたのコーヒーが冷めてしまうわ」

ハーレクイン®

胸騒ぎのシャトー
2013年6月20日発行

著　　者	ヴァイオレット・ウィンズピア
訳　　者	神鳥奈穂子（かみとり　なほこ）
発 行 人	立山昭彦
発 行 所	株式会社ハーレクイン 東京都千代田区外神田 3-16-8 電話 03-5295-8091（営業） 0570-008091（読者サービス係）
印刷・製本	大日本印刷株式会社 東京都新宿区市谷加賀町 1-1-1
デジタル校正	株式会社鷗来堂

ISBN978-4-596-22280-0 C0297

キャロル・マリネッリが描く情熱的なシーク

両親の死に始まり次々と不幸に襲われていたナターシャが出会ったのは、魅惑的な砂漠の王子。彼は不安にかられる彼女を気づかい、自分のホテルへ連れて行く…。

『シークに焦がれて』

●ロマンス
R-2870
7月5日発売

サラ・モーガンのボスとの恋

人里離れた館で暮らすボスの元に書類を届け、普段は冷静な彼の酔った姿を初めて見たエマ。彼を放っておけずにいると、天候が悪化して帰れなくなってしまい…。

『ボスを愛した罪』

●ロマンス
R-2872
7月5日発売

一夜の情事から始まるドクターとの恋

憧れていたドクターと思いがけず一夜を共にした助産師のスカーレット。しかし、彼が本気で付き合うはずがないと思った彼女は、彼の前から姿を消してしまう。

フィオナ・マッカーサー作
『あの日のきみは何処に』

●イマージュ
I-2281
7月5日発売

人気作家リアン・バンクスが贈る実業家とプリンセスの恋

王女ピッパはニックに惹かれながらも、一族が反目し合っているため距離を置こうとしていた。そんなとき、ニックの母が余命いくばくもないことを知り…。

『王女の秘めやかな背徳』

●ディザイア
D-1569
7月5日発売

ローリー・フォスターほか人気作家が描く、ホットな夏の恋3話

きらめく夏、あなたを知るほどおちていく——

ローリー・フォスター、モーリーン・チャイルド、イヴォンヌ・リンゼイ
『サマー・シズラー2013 真夏の恋の物語』

●サマー・シズラー
Z-26
7月5日発売

孤独な侯爵の館に仕える家庭教師の一途な想い

陽だまりのように傍にいる——私に許されているのはそれだけ。

ダイアン・ガストン作
『わたしだけの侯爵』

●ヒストリカル・スペシャル
PHS-66
7月5日発売